JN129721

私の中の昭和史

佐藤　剛
SATO TAKESHI

文芸社

目次

一

私の「昭和」は、私が満十二歳になった日の翌日に始まった。戸籍上私は大正四年一月一日生まれとなっているが、本当は前の年の十二月二十四日クリスマス・イヴの日に生まれている。そして大正十五年は十二月二十五日、大正天皇の崩御によって昭和と改元されたので、私が満十二歳になった日の翌日に昭和という時代は始まったのである。一週間足らずで昭和元年は終わり、昭和は二年となり私が中学生となったのはその年の春であった。「昭和」という年号は書経堯典の「百姓昭明にして万邦を協和す」を典拠としている。「昭」は光明、「和」は平和を表わしているという。新しい時代はひとつの「理想」の下に始まり、私にとっても一応輝かしい青春時代の始まりというべきものであった。

この稿を書き始めた昭和六十三年十一月二十五日、天皇陛下はまだ重い病いの床にあられる。私は今、過去をふり返ることに悲しみを覚える。

今上陛下に対する私の思い出は昭和六年十一月、伊敷練兵場で陛下の観兵式の御親閲を受けた時に始まっている。陛下の鹿児島行幸行事のひとつとして行われたものであったが、この年の六月に満州事変が起こり、翌年三月には満州国建国宣言が発表され、日本国内に軍国主義の嵐が吹き荒れ始めていた。五月十五日にはいわゆる五・一五事件が起こり犬養首相が暗殺された。日本の暗い時代の始まりであった。観兵式の時私は中学五年生、最上級生であった。私の足にはゲートルが巻かれ、私の肩には日本陸軍の三八式歩兵銃がのっかっていた。中学校上級生の他に、七高、高等農林など高専の生徒も参加していた。

十二年後の昭和十八年十月二十一日、東京の代々木競技場で出陣学徒の壮行会が、たしか東条首相の閲兵の下に行われた。「粛々たる秋雨の日であった。みんな黙って雨に濡れてゐた。静かな姿勢である。だが——その静けさは、感激と憤《ふん》怒《ぬ》の乱舞する胸中を、各自が懸命に圧殺してゐる静けさであった」と河野かづ子が「出陣の学徒を送りて」という文章（「婦人画報十九年一月号）の中で書いている（小学館版「昭和の歴史」別巻「昭和の世相」所載）。「感激と憤怒」、若い学徒たちの胸中を本当に満たしたものは果たして何であったか、「憤怒」という言葉を使うことによってせめてものこと筆者は、学徒にして尚戦火の下に赴かねばならぬ若ものたちの悲痛な運命を悲しまねばならなかったのであろう。

昭和六年、私たちの閲兵の日にも秋雨が降っていた。しかし昭和十八年の学徒出陣の時ほど強い雨ではなかったようである。時代も昭和十八年にくらぶればまだはるかにおだやかであった。

閲兵が始まる前にはかなりの待ち時間があったので、身体が冷えてくると尿意をもよおすものが次々と出て来た。配属将校が苦笑しながら許可すると私たちは一斉に練兵場の草むらに走った。その後、私は事ある毎にこの日のことを思い出す。昭和十八年の出陣学徒の中にも、ヒトラーの前を堂々と行進する若ものたちの中にも、北京の天安門前広場に集まった数十万の紅衛兵たちの中にも、かつての日の私たちのように尿意をこらえかねた青少年が数多くいたのではあるまいか。文化大革命の時、四百万を超える紅衛兵たちが中国全土から北京に集まり、北京全市の街路に糞尿の悪臭が満ちていると当時の外電が報じている。人間が人間以上のものになり得ることは有り得ないことである。

天皇陛下の前での閲兵が始まると、私は夢中であったとしか言いようがない。当時陛下のお顔を直視することはまずあり得ないことであった。街路に整列して陛下の車をお迎えしている間女学生たちは皆頭をたれて、陛下のお顔を見ることは遠慮しなければならなかった。ある女学生が目を上げて陛下のお顔を見、「はら、天皇陛下はよかにせじゃがー」と口走ったために警備の憲兵に引っ張られて油をしぼられたといううわさが翌日流れた。それに引きかえ私たち男子生徒たちは、「頭《かしら》右！」の号令で一瞬陛下に注目することが出来たが、列を乱すまいとする緊張だけで特に大きな感激はなかった。

少年の私が感動したのは翌日の新聞の記事を見た時であった。陛下はおそらく一時間をはるかに超える閲兵の間、雨の中で直立不動の姿勢を少しもくずされなかったのであろう、陛下が去られたあとのお立ち台の上には陛下の足型がそのまま少しも乱れずにはっきり残っていたと、翌日の新聞は写真つきで報じていた。

たとえきびしい帝王学の御訓練であったとはいえ、私は畏敬の念と共にお気の毒という思いを禁ずることが出来なかった。

後年、ブレス・オブリイジュというフランス語で、高貴の人ほど重い責任を背負っているのだということを教えられたが、昭和六年の時以来、天皇は実に大変なお仕事を背負わされておられるのだなあという思いが私の頭から去ることはなかった。私は天皇を現人神《あらひとがみ》と思ったことは一度もなかった。秋雨の中を、足許を少しも動かされず直立不動の姿勢で立っておられた陛下を、今も尊敬と同情の念で思い出す。天皇の名をかりて、政治家や軍人どもは陛下に対しても国民に対しても常にサディスティックであり続けて来たように思われる。

戦争中の東京で、いつの頃からか、市電が半蔵門か桜田門のあたりにさしかかると、電車の車掌が「起立！　脱帽！　礼！」と乗客に号令をかける習慣があった。誰がそういうことをしろと命令したのか判らないが、遠慮がちに号令をかける年輩の車掌さんもいる半面、この時ぞとばかり、自分はろくに頭も下げずに胸をそらせて大声を張り上げる虎の威を借る狐の類《たぐい》も多かった。電車がそのあたりにさしかかる前に私は早目に立ち上がり、号令をかけられる前に脱帽して宮城に向かって頭を下げることにしていた。

これに似たような馬鹿げたことを、おそらくは陛下の御意志に反して昭和の為政者たちも数限りなく国民に強制した。宣戦の御詔勅の中にある「豈《あに》朕カ志ナラムヤ」という言葉も、開戦決定の御前会議で「四方《よも》の海みなはらからと思う世に、など波風の立ちさわぐらむ」という明治天皇の御製を声高く誦されたことも、陛下の心の奥底にあった平和への思いを示すものではなかったろうか。それにしても日本はおそろしく、そして愚かな戦争をした。多くの生命財産が失われた。私の兄と弟も戦死した。

昭和二年はたしか、西郷南洲没後五十年祭の年である。昭和五十二年に百年祭が行われたように、昭和二年には五十年祭が行われた。私の祖父も西郷さんと共に城山で戦死したので、九月二十四日城山陥落の日は西郷と祖父佐藤三二の共通の命日である。どこでだったか、多分南洲神社かどこかの五十年祭式典に中学生になったばかりの私も、はかまをつけて父と共に参列した。父は五十五歳ばかり

一

の年齢であったろう。祖父が戦死した時、父は五歳、その下に三歳の弟と一歳の妹がおり、未亡人になった祖母は二十五歳であったはずである。朝敵となった人たちの戦後はつらく悲しいものであったに違いない。祖父の死後五十年間は私の父にとって辛苦の半世紀であった。白ひげを長くたらしたような老人が私の頭をなでながら、「こいが三二どんの孫な、よか孫じゃなあ」と父にあいさつした時、父は過去半世紀をふり返って感無量であったろう。ひげの老人は西南の役に参加した薩軍の生き残りのひとりであったようである。そのように思われる何人かの老人たちに、その日私は頭をなでられた記憶がある。

今年昭和六十三年は敗戦から四十三年目に当たる。あと七年で敗戦記念五十年忌が来る。昭和二年が鹿児島人にとって西南の役敗戦五十年忌の年であったように、そしてその年にまだ西南の役生き残りの人たちがいたように、日本敗戦五十年という年にも、戦争を経験したかなりの老人たちがまだいるはずである。時代の悲劇を語り継ぐその人たちを、次の世代はどのように遇するであろうか。

「昭和」という年代は平和、光明という美しい理想の下に始まったはずであった。それを悲劇の色にぬりかえたのは理想と全く反対の戦争であった。しかし敗戦後四十三年間はともかく日本は平和であった。敗戦によって、あの重苦しい軍国主義が吹きとんだ。軍人や政治家がいばり散らす時代は実にいやな時代である。「昭和」という年号の意味と言葉のひびきを祈りの言葉のようにくり返しながら、筆をおくことにしよう。

二

昭和六十四年一月七日天皇の崩御が報ぜられ、翌一月八日昭和は平成と改元された。亡き陛下について多くの人がいろいろ語ったり書いたりしたが、一月十六日に読んだ「朝日ジャーナル」一月二十日号所載の大岡昇平の談話が心にしみた。但しこの談話は天皇が重篤状況におちいられた時のもので、大岡自身は、天皇崩御に先立つ十三日前に脳梗塞のため七十九歳で死去されているのである。

この談話の冒頭で大岡は「裕仁天皇重篤の報を聞いて、まず思うのは『おいたわしい』ということです」と言い、昭和天皇の生涯が日本と世界が左右の対立抗争を深めていく時期と重なっていたこと、今、米ソ対立の時代が終わりつつあり、その二極対立の終焉が見えかかっている時に陛下が死のうとされていることは「やはり運が悪いおいたわしい天皇だと言わざるをえない」と語っている。「反戦運動を真剣にやれば、まず確実に死ぬより他ない。……それでもぼくを戦場に引っぱり出すのは、国家権力という、実質的には天皇に出る幕など与えない、得体の知れない怪物だ、という意識があったから、天皇その人への恨みがましい気持ちはなかった。

とまれ、天皇と国民が、結果としては、あげて歴史の愚行に参加し、その点ではわれわれもいたわしかったが、天皇にもいたわしさを感じていた。敗戦という苦いものは、ともにのまざるをえないと思った。」と大岡は語っている。この談話は二頁半に及ぶ長いものであるが、天皇崩御のあとであったら、もっと違った多くのことを語るか書くかしていたかも知れない。しかしいずれにしても、俘虜になった身だからといって芸術院会員を辞退したり、「俘虜記」や「野火」のような優れた戦争文学を書いた作家の言葉だけに、私のような戦前派の胸を打つものがある。

大岡昇平が以上のような談話をしていたころ（ある政党紙が）連日、天皇制打倒、天皇の戦争責任を書いていたということには私は余りおどろかない。私自身

二

は読んでいないのでもちろん論評は出来ない。天皇制という言葉は、大正十二年かの共産党結党の時の党綱領の中ではじめて使われたものだという。共産党の一貫した目標が、その天皇制の打倒による革命にあることは少しも不思議ではない。むしろ私は二月七日付毎日新聞の「昭和天皇とその時代」第二十二回にある次のような記事を不思議に思う。

「しかし、幹部の一人は一月七日（の天皇崩御）を境に逆風が吹いていると、天皇批判に反発があることを認めている。宮本顕治議長が、中央委総会で『党は象徴天皇制をすぐやめろとは言っていない』と説明せざるを得なかったのも、そうした微妙な風向への対応とも受け取られている」

大正末期から昭和のはじめにかけて、私の兄や従兄などはマルクスに夢中であった。二人とも七高生であったが、従兄などは七高はじまって以来の秀才と言われながら「資本論」を読んだりしているので、彼のおやじが薪《まき》をもって家のまわりを追いかけ回したほどであった。若い時代にマルクシズムにかぶれないものは馬鹿だ、四十すぎてからかぶれているのも馬鹿だ、という言葉がはやった時代で、青年の社会正義に燃えたぎる心はどの時代でも尊いものである。私の兄は瀧川教授事件などで有名な京都大学の経済学部に入って新聞記者になり、従兄は七高、東大を一番で卒業して日本銀行に入った。

最近、ソ連でスターリン批判が盛んになっている。モスクワの「論争と真実」誌は、スターリンによって粛清されたソ連国民は約四千万人と推定している。ポーランドの軍人五千人以上が虐殺されたカチンの森の悲劇もナチスではなくソ連軍の所業であったという。ペレストロイカを推し進める上で、この際スターリンの暗い影を国民の心の中から一掃しておこうというゴルバチョフの意図であろうか。アフガニスタンからの帰還兵士も、アフガニスタンで多くの婦人子供まで殺さざるを得なかったこと、戦争の責任はブレジネフとそのとりまきどもにあることをテレビマイクの前で堂々と話している。独裁政治の恐怖時代が終わり、米ソの激しい対立がゆるみ、世界に真の平和が到来するとしたら、先の大戦で倒れた何千万人もの死者の霊もはじめて浮かばれるというものであろう。私は若いころからヒトラーとスターリンが大きらいであった。ヒトラーかぶれの日本人もきらいであった。ノモンハン事件で私の兄を殺したソ連の軍隊も私は憎んだ。
十一歳年上の兄たちの時代と違って、私たちの少年時代、プロレタリア文学はさらに弾圧され、「誰が彼女をそうさせたか」といったような左翼的傾向映画は検閲でずたずたに切られたりしていた。世界的大不況の波で農村の娘たちの身売りが行われる一方、エロ、グロ、ナンセンスの頽廃的風俗がひろがり、財閥と結託した政党政治の腐敗堕落に対する国民の政治不信は右翼思想と結んだ青年将校らの昭和維新の叫びとなった。昭和十一年の二・二六事件は親英米派の重臣や政治家を倒し君側の奸を一掃せんとする一種のクーデターであった。明治以来の政党政治はここに至って完全にほろぼされた。

経済的繁栄におごりながらも、現代社会の底流に昭和初期のころのあの世相と似通ったものがありはしないか、私は時々悪夢におそわれたような気分になることがある。敗戦直後の鹿児島県知事選の投票率が九十二％あったというのに、最近のそれでは五十二％にも満たなかったという。暴力による政治改革は暴力による報復をまねく。議会制民主主義の根をもっと堅固に張らねば、昭和初期の軍国主義に似たようなものが芽ぶくおそれがないとはいえない。物価は下がってほしいが選挙の投票率だけは下げたくないものである。

私が中学に入った昭和二年に新潮社が世界文学全集を、改造社が日本文学全集を、その他大衆文学全集や小学生全集などが刊行されるなど、芥川龍之介の自殺はありながらも文運隆盛の時代であった。岩波文庫が刊行され始めたのも昭和二年であった。私の文学熱はユーゴーの「レ・ミゼラブル」に始まり、続いてトルストイにうつった。社会悪に対する怒り、無抵抗主義的ヒューマニズムへの傾倒、何よりも青春の悩みを文学が救ってくれた。しかし私が大阪外語を受験したいと言った時、私の両親は一応反対した。軍国主義の時代になぜフランス語などを、という私の文弱を警戒する気持ちもあったであろう。しかし「外語を受けたあい!」と足をばたばたさせて駄々をこねたという母の思い出話に私自身は記憶がないのである。

入学して判ったことだったが、大阪外語は明治初期に創立された東京外語と違って、語学による世界平和への貢献を願い大正十一年十一月十一日に国家が創設したもので、ベルサイユ講和条約調印の日十一月十一日が創立記念日になっており、校歌は「世界をこめし戦雲ようやく晴れて」という世界平和をたたえる言葉で始まっていた。この校歌は戦争中は禁止された。また学校の制服は昭和五年ごろまではドイツのアルト・ハイデルブルグ大学のそれを模した、背広にネクタイ、しゃれたドイツ式制帽というもので女学生たちのあこがれの的であったという。その外語の昭和十二年の卒業式には神戸のドイツ総領事が参列して、ドイツ語部卒業の優等生だけにヒトラーの賞状とドイツ語大辞典を贈ってハイル・ヒトラーを叫んだ。その四カ月のちに日中戦争がはじまり、日本は大戦争の暗い時代に突入した。

二年後、私の兄が新聞の従軍記者としてノモンハンでソ連空軍の爆撃で戦死した。正直なところ私の心は報復に燃えた。私は丙種合格でついに銃を手にとることはなかったが、語学を見こまれて参謀本部の軍属になり情報翻訳などの仕事をした。弟もミッドウェーで戦死し、学友知人の多くを私は戦争で失った。戦争に対する憎悪を私は忘れたことはない。しかし戦争はなぜ起こるのか、その原因は単純ではない。いずれにしても人間は暴力に弱いものである。暴力の嵐が吹きまくり始めれば、いかに優れた思想家、作家、言論人といえども、黙するか、亡命するか、殺されるかする運命を逃れることは出来ない。そのことはナチスの例が示している。

私は三十歳で終戦を迎えた。戦争中軍国主義者ではなかったが、戦争責任の悲しみは今も感じる。しかし昭和という時代を通して、政治家軍人思想家の間に、戦争をふせぐ本当の愛国者、本当の忠臣が何人いたか疑わしいと思う。職業軍人の一部に至ってはあきらかに狂気の中にあったとしか考えられない。開戦前、あくまでも日米平和交渉の望みをすて切れない天皇に対して「陛下にも困ったものだ」とつぶやく高級参謀の声を私は聞いている。御前会議で終戦の聖断を下されたあとですら、皇居内に侵入して終戦詔勅の録音盤を奪い取ろうとした軍人の一団がいた。日光に疎開中の皇太子を人質にとって、天皇に戦争継続を強要しようとする動きすらあった、と戦後うわさされた。しかし長野県の山中の地底深くに大本営の防空壕が構築中であったことは事実である。もちろん天皇もそこへお移しする計画であった。天皇もまきこんで一億総玉砕を軍部は呼号していたのである。日本の降伏を天皇が半年早く決断しておれば沖縄の悲劇も原爆の惨害もなかったのにという説をなすものがあるが、戦争という問題はむつかしい。アフガニスタンやイラン・イラクの戦争が十年近くもおさまらなかったのはなぜだろうか。

ポツダム会談後、ルーズベルト大統領は敗戦後の日本の国土は半分になるが、しかしそれでも十分であろう、なぜなら、その時には日本の人口も半分になっているであろうから、といった意味の演説をした。民間の人は読めなかった外電である。日本本土上陸作戦で日本人は徹底抗戦し半分は死ぬ、その代わり米軍の損害も百万に達するであろうというのが、アメリカ政府の判断であったのであろう。そのルーズベルト大統領が四月十一日死去すると断末魔のナチスドイツは「ざまあみろ」とばかりの悪口雑言をラジオで放送した。しかし日本の首相になったばかりの鈴木貫太郎は、同盟通信の北米向け英語放送でルーズベルトに対する弔意を放送させた。感動した亡命ドイツ作家トーマス・マンは祖国ドイツへのラジオ放送で鈴木首相が敵国アメリカ国民に対し深甚なる弔意を表したことを訴え「東洋の国日本にはいまなお騎士道が存し、人間の品性に対する感覚が存する。いまなお死に対する畏敬の念と、偉大なるものに対する畏敬の念とが存する。これが日独両国の大きな違いでありましょう……」と述べた。（文春文庫・半藤一利著「聖断」）

憎むべき敵といえども、その死屍には鞭打たぬ武士道精神の残照が敗戦前の日本にあったことはうれしいことであった。鈴木貫太郎には「モーニングを着た西郷隆盛」というあだ名があったという。真の日本人がその頃はまだ存在していたのである。天皇の終戦聖断も彼の強い協力があったればこそであろう。その天皇の御崩御に対しイギリスの赤新聞「サン」などは、かなりあくどい記事を書いた。紳士の国英国もおとろえたりの感が強い。

三

美空ひばりの死を報じているテレビを横にして、この稿を書き始める（平成元年六月二十四日）。

美空ひばりは昭和十二年五月二十九日生まれだという。彼女が生まれて数十日後に日中戦争は始まっている。そして、敗戦後の昭和二十一年にこの幼い「ひばり」は歌い始め、昭和が終わった半年後に、今、その波乱に富んだ生涯を終える。戦後の昭和を象徴する人の死と言っていいであろう。

美空ひばりが生まれた昭和十二年の二月に文化勲章が制定され、四月二十八日に第一回の文化勲章が横山大観、長岡半太郎、幸田露伴、佐々木信綱その他九人の人々に授与された。その受賞に対して露伴は次のような感想を書いている。

芸術というものは、世間から優遇され、多くの人にもてはやされたからといって立派になるものでもない。詩の祖ともいうべき悲劇の詩人屈原の例に見られるように、世の中から冷遇され、虐げられ、圧迫されてほとばしり出るものにむしろ立派なものがある、しかし日本の国柄だからうそもなく勲章はうれしいと申し上げる、謹みて聖恩を謝し、又諸君の御芳佐を得たことについてお礼を申し述べる云々。（岩波版全集第二十五巻参照）

露伴のこの言葉の中には、時の非文化的国家に対する痛烈な批判がふくまれている。前の年には二・二六事件で多くの人々が暗殺され、一方では文化勲章を制定しながら、その数ヶ月後には日中戦争にのめりこむような軍国主義的政府である。

父露伴の受賞について娘の幸田文は、勲章の惹き起こした功利や感情のなかに泰然としている父を、りっぱな男だとおもい、そのりっぱさを私は孤瘦なりっぱさであると思った、と「勲章」という小説の中で書いている。

敗戦後のどん底生活の中で露伴は芭蕉七部集評釈を完成させるが、娘の文は父の看病、食糧の買い出し、娘の教育、いろいろな苦難をなめる。作家露伴は知らなくても「ああ、あの文化勲章の……」という有名さで貴重な食糧を売ってくれた人たちがいたという。
以上のことは「随筆かごしま」昭和五十七年三月二十七号の「鴎外、露伴とその娘たち」という文章の中ですでに書いた（「鹿児島ふるさと歴史散歩」所収）。「露伴のいう『聖恩』は、わずかにここで彼に幸いしたのである。」と私は書いたが、敗戦後「文化国家」をめざした日本政府は、文化勲章受賞者幸田露伴にほとんど報いることはなかった。露伴の八十二歳での死は終戦の二年のちのことである。

私たち日本人が明治維新以後、あこがれてきた「文化」とは果たして何であろうか、敗戦後乱用された文化国家、文化鍋、文化包丁などという言葉は「文化」という言葉の意味を混乱させた。毛沢東の文化大革命は「文化」の意味を一層複雑なものにした。

私は、東京の中目黒三丁目と、鹿児島市新照院町とで二回大空襲を経験している。両方ともかなりの火の粉を浴びたので、あの恐怖は二度と味わいたくないと思う。内乱もふくめて戦争ほどおそろしいものはない。

三

しかし、米軍は京都や奈良のような貴重な文化的遺産の多い都市の爆撃を行わなかった。ウォーカー博士など知日派の人たちが米国政府に進言したためという。倉敷市の人たちは、外国の名画を多く所蔵した大原美術館があったから爆撃されなかったのだと信じている。暴逆なナチスドイツすら、パリを廃墟には出来なかった。パリ占領のドイツ軍司令官が、ヒトラーの命令に反抗してパリの文化を守った。

鹿児島市が空襲でほとんど焼けた日から二、三日経って、城山の展望台に立ち空想したことがある。このことも「随筆かごしま」の前身である「三州談義」の、昭和三十八年十月刊の深秋号に「観光と城山」と題して次のようなことを書いた。「焼土は悲惨の極みであったが、自然は美しかった。この美しい自然のなかに、この恵まれた環境を生かしてどんなに立派な文化都市、学園都市が再建されることだろうか、と私は考えた。私は愚かにもハイデルベルグやケンブリッジのような学園都市をこの土地に夢見ていたのだ」

その昭和三十八年現在で、私は観光ブームのために城山の自然が破壊され続け

三

ていることに、怒りと幻滅を感じていたようである。

「国滅びて山河あり、という言葉があるが、山河滅びて人間の生活はない。サン・テグジュペリーの美しい言葉を思い出してみよう。『庭師の死は、なんら樹を害うものではありますまい。しかし、もしあなたがその樹をおびやかすなら、庭師は、二度死ぬことになりましょう。』(「城砦」)」

文化をはぐくむものは、この「庭師」のような人たちであろう。十九世紀末の詩人や画家たちは、産業革命のあとに勃興しつつあった物質文明に強い危惧をもっていた。「自然に帰れ」は彼らに共通するあこがれである。しかし、その後の二十世紀は科学万能、原子爆弾の世紀となった。

美空ひばりの死に対して、ある作家(野坂昭如であったろうか)は戦後昭和を代表する日本人として美空ひばり、三島由紀夫、長島茂雄の三人を挙げた。この三人に映画の黒澤明を加えてもいいであろう。ベラ・バラージュの「視覚的人間」(岩波文庫)によれば、印刷術の発達もなく文盲が多かった時代の文化は視覚の文化であったが、書物の普及は見える精神を読まれる精神に変え、視覚の文化は概念の文化に変わった、映画の出現は文化をあらたに視覚的なものに転回させ、人間に新しい顔つきを与えはじめている、というのである。一九二〇年代における映画理論の代表的なものであろう。

ラジオと映画はたしかに世界を変えた。さらに昭和の初期、映画が音を伴って現われた時の新鮮なおどろきを忘れることは出来ない。映画館に足を入れれば中学校の停学処分止むを得ずという時に、そっとかくれてルネ・クレールの「巴里の屋根の下」を見に行った時の興奮を今も思い出す。生まれて初めて見たトーキー映画であった。

やがて、ラジオと映画を政治的に最大限に活用して独裁政権を握ったのがヒトラーであった。映画を発明した時、エジソンはこれを教育目的に使って欲しいと述べた。しかし映画は政治宣伝に利用され、一方では巨大産業となった。商業主義が視覚文化の世界を支配するであろうことは、マルクシストのバラージュも予見し、資本主義社会の映画については彼は不満をもっていた。

黒澤明は戦後の日本を代表する映画人である。欧米の文化人たちの間ではもっとも有名な日本人であろう。その黒澤が新しい映画を作る度に資金に苦労し、日本の映画会社も大企業も政府も援助の手を差しのべないことに対して、イタリア・ルネッサンスの研究で有名な塩野七生女史が激しい怒りの文章を書いたことがあった。世界中が黒澤の映画を待っているのに、黒澤に金の苦労させる日本がどうして文化国家、経済大国といえるのか、というわけである。

黒澤明は今、二十八本目の映画「夢（DREAMS）」（こんな夢を見た）を撮影中である。しかし十五億円の製作費の大半を、黒澤を師と仰ぐジョージ・ルーカスとスティーブン・スピルバーグが出すというアメリカ映画で、公開上映も日本よりアメリカが先だという。

何年ぶりかの黒澤映画というので、多くの欧米人が撮影見学に来ている中で、あるフランスのテレビ人は、黒澤ほどの人が海外から資金調達をしなければならないのはおかしい、と語っている。黒澤明自身はテレビのインタビューに答えて、文化国家といっても日本はおかしいんだよと語っている。文化を理解している大臣も政治家もいない、私が総理大臣になった夢を、このオムニバス映画に入れようと思ったと冗談まじりで言い、さらに、やり残した夢がまだありますかという質問に対しては「この日本を作り直したいよ」と答えている。

たしか文化勲章も授与されているこの七十九歳の世界的な映画作家にこんな嘆きを語らせねばならぬ日本とは、果たしてどんな国であろうか。

昭和も終わりに近づいたここ何年間かの日本文化全般にわたって、何かしら衰頽の色が見られる。ビデオの出現は、映像の世界を安っぽく変質させつつある。出版文化も放送事業も、商業主義の色がますます濃厚である。美空ひばりの死は何かを象徴してはいないだろうか。

芸能界が金もうけ第一主義だけに走れば走るほど、天才的な芸人はそだたない。その上に質の悪い芸能誌や週刊誌やテレビ番組が、芸能人のスキャンダル報道に熱中して足を引っぱっている。一流の大新聞、週刊誌までが総理大臣についてのたれこみスキャンダルをここぞとばかりにあばき立てたりする。一番悪いのは政治家自身だが、世界中の笑いものになるのは総理大臣だけではなく日本人全般であり、同時に日本のマスコミの品の悪さも笑われるかも知れない。敗戦の廃墟の中から国民が営々として築き上げたものが、この愚劣極まりない経済大国であったのかと思うと泣くにも泣けない。昭和とは、文化史的に見て果たして何であったのであろうか。

テレビの中の美空ひばりを見ながら、かつて低級なマスコミが、彼女のプライベートな生活を興味本位に取り上げ、彼女をずたずたに切りさいなんだ時期があったことを思い出す。「一流の芸術家の二百年分の仕事をやり遂げたのではないか。このような音楽家は、もう永久に現れないだろう。」という指揮者の岩城宏之氏の評価が正しいとすれば、彼女をサディスティックに苦しめた芸能評論家たちは恥じるべきであろう。彼らがひばりの「芸」そのものを語ることは少なかったのである。

日本文化の地盤は、平成の時代に入ってますます沈下しつつあるように思われる。視覚文化の一方的流行は、同時に無学文盲の時代への逆戻りを意味しているのではないだろうか。

四

自民大敗、社会党躍進で終わった参議院選挙。しかし良識の府たるべき参議院がこのように激しい政争の場となっていいのであろうか。敗戦後、参議院が出来たころの初心に帰って、参議院議員は政党色の少ない本当の学識経験者であって欲しい。それでなければ衆議院のチェック機関としての参議院の意味がない。税金のムダ使いである。そして何よりも心配なのは投票率が六十数パーセントしかなかったことである。

かつてヒトラーは国民の三分の一をナチス党員にすれば、あとの三分の一はナチスになびく、反対する残りの三分の一は力で押しつぶせるという戦法で政権を握った。国民の三分の一が選挙に棄権するということは議会制民主主義の危機を意味している。政治不信などと甘ったれたことを言っている場合ではない。先の鹿児島県知事の選挙では投票率五十二%、平成元年八月末の京都市長選挙では四十二・五%を下回ったという。私たちは左右いずれを問わず、全体主義的イデオロギーの政府を望んでいない。六十%そこそこの投票率で国民の代表をきめて欲しくないと思う。

ヒトラーは宣伝の天才であった。かっこいいナチス党員の服装、突撃隊や軍隊の整然とした行進、党大会やベルリン・オリンピックなどの見事な演出。ニュース映画や記録映画をフルに活用してアメリカやフランスなどにまでヒトラーファンを作った。ヒトラーは独身で、女性に対してはストイックであると信じられていた。ヒトラーに政権を取らせたのは彼の熱狂的ファンとなった女性たちであったという説がある。ヒトラーを迎える群衆の最前列には、どこでも女性たちの黄色い歓声があったことは事実である。その点、彼は千両役者であり、人気スターなみであった。若い女性たちはナチス党員の妻になることにあこがれ、少年少女たちはヒトラー・ユーゲント（少年団）に入ることを夢見た。

ヒトラー・ユーゲント、ソ連のピオニール、そして文化大革命中の紅衛兵たち。

独裁者たちは群衆の前でよく少年少女と握手したり、幼児や赤ん坊を抱き上げたりキッスしたりした。彼らは大衆、殊に女性や少年たちの人気を煽り立てる術を心得ていた。ヒトラーには実際は死を共にした多年の恋人エヴァ・ブラウンがいたが、彼が自分の女性関係を陰蔽して清潔な政治家を装ったことは、偽善的である以上に、そのことで女性たちや純真な少年少女たちが彼にだまされたとすれば、その罪は大きい。ヒトラー・ユーゲントは日本にも来て、きびきびした団体行動や希望に燃えた澄んだ瞳などが新聞にもてはやされ、日本におけるナチス宣伝の役目を充分果たしたが、その少年たちの多くが、後年戦野に倒れたことであろう。

カンボジアのポル・ポト政権は、成年男子を中心に三百万人の同胞を虐殺したといわれる。子供たちと子供たちを産むことの出来る女性さえいれば、将来政府批判をする危険性のある大人の男性などは皆殺しにしておいた方がいいのであろうか。現在カンボジアの人口は八百万人足らず、未亡人や子供たちがやたらに目立ち、駐留するベトナム軍の兵士たちだけがさっそうとしているという。私は昭

四

和十七年にポル・ポトジアの首府プノンペンに行ったことがあるので、この地に関心が深いのである。

私はもともと芸人大好き人間である。舞台や映画のスターから寄席芸人や旅役者まで、自分の身体ひとつを武器にして、芸をみがき人をたのしませ、それで生活を立てている芸人たちの方が、株や土地や利権あさりでぼろもうけをしている人たちよりずっと立派である。

昭和十四年、東京の東中野に居を定めてから、新宿のムーラン・ルージュによく通ったことがあった。いまは老け役でどんな役もこなしている千石規子は、この可愛い女優でありダンサーであった。大根足をはね上げてライン・ダンスをしたり歌を歌ったりしていた。明日待子というスターや岩波文庫をもじった岩波文子というふざけた芸名の若い女優などがいて、当時のインテリや学生たちの間で非常に人気があったしゃれた軽演劇集団であった。ここから育った芸人も少なくない。

ドイツとの合作映画「新しい土」でデビューしたころの原節子は美しく輝いて

いた。彼女や、美少女に成長した高峰秀子のブロマイドは、戦地の兵士への慰問袋の中によく入れられていた。彼女たちの美しさが、生死の境にあった若い兵士たちをどれほど慰めたことか。その中でも高峰秀子のブロマイドはもっとも好まれたが、戦死を覚悟した出撃を前に、そのブロマイドを高峰秀子のもとに送り返した兵士がいたという。また戦死した兵士の遺品の中にあった血染めのブロマイドが感謝の言葉とともに遺族から送り返されて来たこともあったという（最近のテレビ番組「徹子の部屋」での思い出話）。

ここ数年間、写真週刊誌にはじまり、女性週刊誌やテレビの芸能ニュースなどが、芸人のスキャンダルをかぎ回り、異常と思えるほどの芸人いじめをやり始めた。人の幸福をねたんだり、陰湿ないじめの構造と言えるのかも知れない。昔はなかったことである。

「デイズ・ジャパン」九月号につかこうへい氏が「中森明菜・松田聖子」というかなり長い文章を書き、自殺未遂の明菜と、マスコミに叩かれている聖子を擁護している。その中でつか氏は「いま変に管理社会になって、ものを創るやつより、それを管理するやつのほうがいい思いをしている。良い時代だといえるか」と怒っている。梨元とかいう芸能レポーターが年収四千万円あると自分で言っていたが、テレビはバラエティ番組ばかりで、役者の仕事がほんとうに少ない。梨元がマイクを突きつける相手で、あいつより稼いでいるやつなんて二十人に一人いるか、いないかであるとつか氏は書く。つまり汗をかいて懸命に働いている現場の芸人より、そのスキャンダルをかぎ回って、きたない金もうけをしたりしているハイエナのような芸能レポーターや、芸人を秒きざみで管理し、こき使っている人たちに対する怒りである。

ここ十年間で松田聖子がかせいだ金は一千億円に近いという。その何割かが所属するサン・ミュージックに入り、岡田由希子が屋上から飛び降り自殺したあの七階建てのビルの四階までは、所属していた都はるみと松田聖子のかせぎで建てられたも同然という説がある。それが契約のきれたのを機会に退社しようとすると、恩知らずやわがままのようにマスコミに叩かれる。普通の会社なら、あれほど稼いだタレントに一億円そこらの退職金を払ってもいい道理である。劇作家、

四

演出家、そして役者の養成者でもあるつか氏の怒りは理解出来る。

フランスでは民法第九条によって、個人の愛情問題、健康状態、資産状況などをマスコミが報じれば最高五万フランの罰金、最高一年の実刑が課せられ、その上多額の損害賠償が要求される。フランスでは政治家やジャーナリストが政敵の情事を知っても、それを利用して相手を攻撃することはない。そうしたことは品性下劣とされているという（「週刊現代」九月二日号立花隆の情報ウォッチング）。

昭和末期になって政治家の質が悪くなり、それにつれてマス・メディアも品が悪くなった。パリ・サミットの際、日本のテレビ・レポーターが路上のフランス人をつかまえ「ウノを知っているか」と聞く。「ノン」（いいえ）と答えると「ウノは私の国の首相で、ゲイシャを金で買った人だ」と不必要な説明をする。それを何人ものフランス人にくり返すので、テレビで見ていた江森陽弘氏もさすがに腹が立ったという。何年か前、ある外国人に「いちばん反日的な国民はだれか」と聞かれ、日本人が答えに困っていると、その外国人は「それは日本国民さ」と言って笑ったという話があった。今や日本人自身が自虐的に日本叩きの先頭に立っている。最近は「週刊文春」が社会党とパチンコ業界の癒着と北鮮との関係をあばき始めている。どこまで続くぬかるみぞである。既成政党はみな解党して出直してもらいたいような気がする。

「宇野スキャンダルは朝日新聞と凄絶な取材合戦の末独占に成功した」と新しい「サンデー毎日」の編集長になった牧太郎氏は、得意気に書いている（「サンデー毎日」九月三日号編集長日記）。前の編集長はあの元芸者に謝礼はほとんど払っていないと言っていたが、凄絶な取材合戦の末どのような条件であの告白をものに出来たのか、その方が余程ニュースになりそうである。いずれにしても、主として東京で作られているマス・メディア全般にわたって、志の低さが感じられる。本当の政治とは何か、芸能とは何か、文化とは何か、本質的なことにもっと真剣に取り組んでほしいと心から願わずにはいられない。

最近の男性は新聞を読まなくなった、という。作家の橋本治氏の説である。だから新聞やテレビが女性向き、子供向き、老人向きを中心に作られていいという道理はない。私はピシッとした服装できめて、おそらくは冷房のきいた部屋で

四

しゃべっているであろうニュース・キャスターの人気ものの男女のしたり顔を見ていると時々怒りを覚える。多くの人々はテレビ局のスタジオ以外のもっと地味な苦しい場所で汗を流しながら現実と戦っている。東京中心の政治・文化にはそろそろおさらばしたい。所得格差は東京と地方では四対一と開きつつある。農村は苦しんでいる。農村に嫁は来ない。日本の国土の大部分を占める山村を守ってくれる人たちはもう八百万人足らずしかいない。帰りなんいざ、田園まさに荒れなんとす、は昔の中国のことではないであろう。

日本の皇室は伝統的に農業を大切にして来られた。天皇は宮中で田植えをし、皇后は蚕《かいこ》を飼われた。昭和天皇は病い御重篤の際も台風の行方を案じられ、農民の生活に思いをはせられた。日本の政治家や文化人は地方をどう考えているのであろうか。東京に住んでいて頭でっかちだけで生きられるものなら生きてみろである。昭和が終わって亡国の兆《きざし》ありとは思いたくない。そう思う位なら死んだ方がましである。

五　新しき年に向かって

平成二年はどのような年になるのであろうか。

人間は子供をもって初めて未来を考える、といったのは確かニーチェである。中学三年生を頭に十一人の孫をもつ私が、人類の未来を真剣に考えるのは当たり前のことかも知れない。ただし私には地位も能力も財産もない。七十歳代も半ばに達しては体力もない。わずかに残された頭脳の働きと、乏しい人生体験をたよりにいろいろなことを考え、機会があれば少しでもそれを文章にして、興味を感じる人々に読んでいただくこと以外に道はない。戦争で生き残って、その後の四十数年間を平和な世の恵みに浴させていただいた者の、それがせめてものささやかな恩返しと言えないであろうか。

フランスの哲学者ジャン・ギトンという人の「美智子皇后陛下との対話」（文

藝春秋十一月号）という手記は、近年になく色々なことを考えさせた文章である。皇后にお会いする前の日にギトン氏は日仏会館でパスカルについての講演をし、その講演の中で彼はアンドレ・マルローの「二十一世紀は必ず宗教的な世紀となるであろう」という言葉を引用したという。マルローは第二次世界大戦前、中国を舞台にした「王道」という作品などを書いた頃は行動主義文学の華やかな旗手であったが、戦後はド・ゴール時代の文化大臣、そして日本文化の優れた理解者としても有名であった。鎌倉時代の日本美術平重盛像を、ルーベンスの肖像画に匹敵する世界最高の肖像画としてパリの日本展にその国宝を陳列させたのも彼の功績であった。その彼が言う「宗教的な世紀」の宗教とは決して特定の宗教のことではないであろう。

ジャン・ギトン氏はパスカルについての講演の中で、パスカルが三十九歳で死亡した近代の最も偉大な天才であり、科学を文学を宗教を刷新した人であることを述べたあと、日本に関して次のようなことを話している。

「私たちは日本によって瞑想をより愛することができるようになるでしょう。日本の魂の中には、西洋が時として忘れてきたものがあるのです。それは『仕事』に対する『休息』の優越、『言葉』に対する『沈黙』の優越、『行動』に対する『瞑想』の優越をさします。私たちキリスト教徒は、〝政治〟について多く語り過ぎるように思われます。なぜならば、宗教は何よりもまず彼岸との関係だからなのです。」

ギトン氏が言う「日本の魂」を失いかけているのは本当は日本人自身なのかも知れない。

ジャン・ギトン氏を日本に招かれたのは美智子皇后陛下御自身であった。「わが母の面影」というギトン氏の「きわめて美しい作品」の訳本に感動された皇后は直接英語とフランス語で手紙を書かれ、その後も何度か近況を知らせるお手紙をギトン氏宛に出されたという。御家族で音楽を演奏されている写真も送られたが、その写真の中で皇后はハープを奏でられているとのことである。平成元年五月、皇后は、六月二十二日午前十時半に赤坂御所でお待ちする旨の招待状を出され、それによってフランス外務省がギトン氏の来日スケジュールを作ったのだという。

　ジャン・ギトン氏の経歴、著書の内容については「文藝春秋」にも解説がないので私には判らない。しかしアカデミー・フランセーズ会員であるということは、彼が現代のフランス最高の知性人のひとりであることを示しているであろう。アカデミーの会員は常に四十人に限られ、不滅の四十人という言い方がある。ひとり欠けるとひとり補充され、新会員は前会員についての追悼講演をしなければならないことになっている。詩人ポール・ヴァレリーは哲学者ベルグソンの後任なのでベルグソンについての講演を行っている。

　美智子皇后はギトン氏の信仰厚き母の生涯に感激され、ギトン氏の母は二つの神秘主義の合流点にいると考えられたようである。「陛下は、西洋の思想と東洋の思想の、キリスト教的神秘論と仏教的神秘論との統合をみつけることが至高の哲学であると考えられたのです」とギトン氏は書いている。そしてギトン氏が、「皇后と哲学者との間には類似がある」と言ったことに対して皇后は「なぜ」と微笑まれ、「哲学者も皇后もそのか弱い肩に一部ではなく全体を、全体という毎日のしかかる重い荷物を背負わなければならないからです」と答えると、皇后は「私はその重荷を背負っています。しかし私は、私が決して離れることのない天皇陛下と一緒に背負っているのです」と言われたという。

一方ギトン氏は皇后が伝統について述べられたことに対して「伝統とは古人がやっていたことをまったくそのまま繰り返すことではありません（中略）伝統とは、同一の方向へ向かうたゆみなき進歩なのです」と答えている。お二人の会話がかなり次元の高いものであったことがうかがえる。

ジャン・ギトン氏は昭和天皇と同じ一九〇一年の生まれであるという。老齢のゆえの周囲の反対もあったが、美智子皇后に会うために彼は日本再訪を果たした。彼は昭和天皇も限りなく尊敬しており、その崩御に際しては美智子皇后への手紙の中で次のようなことを書いたという。

「陛下の死は私にとって大きな悲しみです。かつてフオッシュ元帥がまだとてもお若かった天皇陛下への賞賛の言葉を私に語ったことがあります」

フオッシュ元帥は第一次世界大戦においてペタン元帥とともにフランスに戦勝

をもたらした救国の英雄である。そのフォッシュ元帥と昭和天皇のつながりとして考えられるのは皇太子時代の天皇が大正十年訪仏の際、元帥がヴェルダンの戦跡などの案内や説明役に当たられたということ以外に思い当たらない。停戦後の凄惨な戦場に立たれて昭和天皇は戦争というものはあってはならないということを痛感されたと伝えられるので、そういうことを元帥と語り合われたことが、元帥の尊敬に結びついたのではなかろうか。

現在、ある党派の人たちやマスコミの一部に、昭和天皇を美化するな、天皇の戦争責任をあくまでも追求せよといったような露骨な意図がはっきり見える。しかし昭和天皇御自身が戦争責任は感じておられ本来は好戦的な方でなかったと信じたいと思う。

また天皇がキリスト教をどう思っておられたのか「文藝春秋」がギトン氏の手記とともに掲載した服部実氏の「皇室とキリスト教」という文章によれば昭和天皇はキリスト教には寛容であられたという。大正十年バチカンでローマ法王ベネディクト十五世と会見され、その体験から太平洋戦争開始の直前、ローマ法王庁を通して、米国と和平交渉をしてみてはどうか、と東条首相に指示されたとのことである。服部氏はその文章の最後に「神道もキリスト教も、皇室をすぐ政治問題化する、皇后がギトン氏の教会一致運動（エキュメニズム）に対して『もっと広い地球全体規模の問題』としたのは、皇室をめぐって国民が対立し争う現状を憂えてのことかも知れない」と書いている。

ここ一、二年の間に実母と昭和天皇を失われた美智子皇后にとって、年老いた哲学者との対話はどれほど心の安まりとなったことであろうか。別れに際して、ギトン氏の母親が好きであったというシューマンの「告別」という曲を録音したカセットを皇后は贈られたという。「御自身が演奏されたのかどうかはわかりません」とギトン氏は書いているが、他人の演奏したものを贈られるわけはなく、これは皇后御自身がピアノ演奏されたと考えていいのではなかろうか。

ギトン氏は美智子皇后に会われて、哲学者のデカルトがスウェーデンのクリスチナ女王に、謙虚さと高潔さは同じことであると言ったことを思い出したという。美智子皇后は謙虚という言葉の持つもっとも美しい意味で謙虚であられるように思われる、とギトン氏は書き、「私は将来の世界に多くの美智子さまがいることを願っています」とその手記を結んでいる。

ギトン氏がパスカルについて講演をしたということで、私はパスカルの「人間は葦である。しかしそれは考える葦である」という有名な言葉を思い出す。人間は葦のように弱い、しかし私たちはいまこそ人類の未来について真剣に「考え」なければならないであろう。「二十一世紀は必ずや宗教的な世紀となるであろう」というマルローの言葉も深く味わってみたい、と思う。

日本の皇室というものに対しても私は「政治」を離れて考えたい。ヴァレリーとともにフランス最高の詩人であったポール・クローデルは一九二一年から前後四年半にわたって駐日大使であったが、日本に関して多くの文章を書いている。そのひとつ、一九二六年（大正十五年）に書いた「松の中の譲位」という文章の冒頭に彼は「天皇は帝国を治めてはいない。それに耳を傾けているのである。天皇は、横からの光のなかに座して待つ」と書いている。

私はギトン氏の文章を通して、かつての愛称ミッチーこと美智子皇后の中に高い知性と豊かな感性を感得出来ることをよろこび、天皇ともども国民の声に常に「耳を傾けて」いていただきたいと思う。また皇后は一番お好きな花は百合、一番好きな木は白樺とギトン氏に語っておられるが、皇后が日本の自然と同じように、日本の国民も愛し続けて下さることを心から祈らずにはいられない。

それにしても私は、果たして二十一世紀の日の光を見ることが出来るのであろうか。それまで生きることが出来るのであろうか。海軍軍人であり長崎を舞台にした「お菊さん」の作者であり、四十歳代の若さでアカデミー・フランセーズの会員となったピエール・ロチは五十歳代の時の二度目の（と同時に最後の）訪日で、二十世紀を長崎で迎えている。一九〇一年一月一日、二十世紀最初の日の朝、長崎の街には五月の太陽のように暖かい日の光が輝いていたと彼は書いている。二十一世紀を迎える日もそのように平和な日であって欲しい、と願わずにはいられない。

六　日本の過去と未来

「昭和」という時代を後世の人はどのように評価するであろうか。明治維新（一八六八年）から昭和六十三年（一九八八年）までのおよそ百三十年の間、多くの日本人たちが、光と影の交叉する中でそれぞれの人生を一生懸命生き続けて来た。そして平成二年の今、私たちは史上未曽有とも言うべき物質文明の繁栄の中にいる。しかし日本人の魂、日本人の精神はどこをさまよっているのであろうか。「大廈高楼を築けども中に住むべき貴人なし」というアメリカの森の哲人ソローの言葉が意味する「貴人」のことを私たちは忘れてはいないだろうか。

鹿児島のような地方都市にも巨費を投じた立派な図書館や美術館や文化会館が造られている。中味の充実はこれからということであろうが、いきなりピカソの絵一枚に何億円も支払うということは少し成金趣味のような気がしないでもない。

私が心から念願するのは、美術館の中に美術図書館を併設して欲しいことである。世界各国に美しい印刷の立派な画集がたくさんあるであろう。一万冊そろえても一億円はかからない。そういう場所があれば私は毎日でも通い、ゆっくり美術史を学ぶことも出来、絵を描きたいという気持ちになれるかも知れない。

西郷隆盛の遺訓の中の言葉として、文明とは道のあまねく行われるのをほめたたえる言葉であって、宮屋の荘厳、衣服の美麗、外観の浮華を言うのではない、という言葉がある。そして西洋は野蛮だ、本当に西洋が文明だというのなら、未開の国に対しては慈愛を本とし、懇々説諭して開明に導くべきなのに未開矇昧《もうまい》の国に対するほどむごく残忍なことをなし、己れを利するは野蛮だ、ときめつけている。西洋は文明だと反論した人もこれには一言もなかったと西郷は笑っているのである。明治三年ごろの西郷の文明観を端的に示した言葉であろう。

西郷隆盛が生まれたのは文政十年、西暦一八二七年である。この年にベートーベンが死に、翌一八二八年にはトルストイが生まれている。また一八二七年にはイギリスでジョン・ウオーカーという人がマッチを発明している。十年後の一八三七年ビクトリア女王が即位し、そして三年後の一八四〇年、イギリスは阿片戦争にふみ切っている。産業革命による物質文明の勃興期、しかし一方では貧富の差が拡大し、農村の人口が減り、ロンドンの裏街には孤児や売笑婦があふれていた時代である。ディケンズの文学がこの時代をよく描いているが、一八四八年にはマルクスの「共産党宣言」も書かれている。

阿片戦争はイギリスが中国に阿片を売りつけようとし拒絶されると武力で屈服させて領土を奪い、西欧列強による大陸半植民地化のきっかけを作った、世界史上もっとも醜い戦争である。英国議会で戦費支出の是非が議論された時、賛成二七一票、反対二六二票、その差わずか九票でやっと議決されたということは、英国民の多くすらその非道さをみとめざるを得ない帝国主義的侵略戦争であった。「トム・ソーヤーの冒険」の作者マーク・トウェインはビクトリア女王の六十年余の治世中にイギリスは六十回以上もの戦争をしたと書いている。また「お菊さん」の作者ピエール・ロチは一九〇一年一月十七日長崎で女王の死去を知り、「制覇の民族」の権化が死んだと書き、日記の中では女王のことを「老犯罪人」

と呼びすてにしている。マーク・トウェインはまた一九〇〇年に書いたものの中で、カインの人殺しの武器は棍棒だったが、キリスト教徒が銃と火薬を使い始めたこと、キリスト教文明というものが生まれなかったら戦争はいつまでもつまらない貧弱なものにすぎなかったろう、ヨーロッパの強盗どもが全異教徒世界の土地や人民を征服し、その代わり異教徒たちに文明なるものの恩恵を与えているのだ、と書いている。

日本を愛し、日本女性を妻とし、昭和四年四国の徳島で死んだポルトガルの軍人、そして文学者でもあったモラエスは日本に来る前の一八八五年、ポルトガルの植民地チモール島で母国の植民地政策に対し鋭い反省をしている。十六世紀の昔から、ぼくたち西洋人は植民地諸国に何をもたらしたというのだとモラエスは自問し、カソリックの布教で魂を奪い、開発に名をかりて土地を取り上げ、生産物を強奪したと言われても仕方がないのじゃないか、白人は黒人を圧迫し、しいたげ毒している、肌の色によって人間を区別し、虫けらや牛馬のように扱って許されるわけはない、今にして反省せねば西欧には天罰がくだるにちがいない、とまでモラエスは言う。

一八四〇年の阿片戦争が、日韓満その他アジア諸民族に与えた衝撃の大きさは計り知れないものがあったろう。外国事情に詳しかった島津斉彬は美濃紙百枚に及ぶ「阿片戦争始末記」を書いて欧米諸国のアジアに対する野心がやがて日本にも及ぶであろうことを予見していた。阿片戦争の四年後フランス軍艦アルクメーヌ号が琉球の運天港に来船し、通信貿易布教の三カ条を要求した。その時に宣教師フオカードは英国が琉球に強く野心をもっていること、やがて英国軍艦が来るであろうから日本は早くフランスと修好してその保護を受けることが得策であるとおどし半分に勧告した。その翌年と翌々年に果たして英国船も来航、斉彬が江戸から至急帰国し、この難交渉を解決したのは彼が三十八歳の時、そして十八歳の西郷隆盛は英明な君主を斉彬の中に見出すのである。

阿片戦争から十三年後の嘉永六年ペリー艦隊来航、そして幕末の動乱を経て明治維新、日本は欧米文明への強い傾斜を示し、急速に近代文明の道を突進し始める。そうした欧米化日本に対する近隣アジア諸国の反発不信が、征韓論、西南の役、そしてやがて日清日露の戦争に発展する。欧米の帝国主義的近代文明を悪く学びすぎたことが日本のつまずき、そしてアジアの不幸の原因であったと言えるかも知れない。明治三十五年日英同盟を結んだことが日露戦争を日本に決意させ、大正十年同盟が破棄されて英米との対立が強まると昭和十五年独伊と同盟して太平洋戦争の泥沼に入りこむ。そして敗戦後はソ連をおそれての日米安保。この百三十年間、日本は欧米列強にふり回され、アジアを裏切ったりした。昭和二十年みじめな敗戦ののち、私たち日本人は今までの日本が文明国ではなく、むしろ西郷の言う野蛮国であったことを思い知らされなかったであろうか。

「テーミス」という週刊誌の平成二年一月三日号に次のような小さな記事が見える。

「去年ゴルバチョフは訪米の折、『第二次世界大戦の敵国、日本とドイツを米ソは力を合わせて叩こうではないか』というニュアンスの演説をし、アメリカ人から拍手の嵐を浴びた」

日露戦争の時、異教徒の黄色い猿日本に対してキリスト教徒のアメリカ人はロシアと結んで戦うべきだと宣伝したのは当時の帝政ロシアであった。ニクソンの回想録によればかつてソ連のブレジネフ書記長が「核戦争になれば白人は全滅し、黄色人種と黒人だけが生き残って世界を支配するだろう」と言ったことがあるという。このことを伝えた昭和五十三年五月十日付「朝日新聞」の天声人語子は文化人類学者の米山俊直氏がカナダの学会に出た折、アメリカの若者から「ほうっておくと世界は黄色人種に制圧される、だから白人と黒人は争わず、手をつないで黄色人種に対抗すべしとの説があるがどう思うか」という質問をうけたという。また当時まだ首相でなかったサッチャー女史がテレビで「有色人種のしめ出し」を訴えたことがあったとも書いている。

昭和時代を通じて、日本はスターリンやヒトラーや毛沢東などが支配する全体主義的国家の政治や思想の影響をいろいろな意味で受けて来た。敗戦後は特に米ソ両大国間の谷間で不安を感じ続けてきた。平成元年以後東欧やソ連から共産党一党独裁の国が次第に姿を消しつつあるが、前述の如くマルクスの「共産党宣言」は産業革命後の物質的繁栄の矛盾の中で書かれた。そして第二の産業革命で繁栄しつつある先進工業国家の内部にもすでに多くの矛盾や対立が生まれつつあることを忘れることは出来ない。日本はじめアジア諸国の経済的発展がすすみ、米ソのような多民族国家で有色人種の人口がふえ続けて白人支配の社会に変化をもたらせば、今までと違った民族対立、人種差別、黄禍論もしくは白禍論が芽ぶくかも知れない。太平洋戦争緒戦に日本が勝った時、日本の同盟国ドイツのヒトラーは「一つの大陸が失われた。実に遺憾というほかない、白色人種が破れたのだから」と言ったという。その前、日独伊同盟を結ぶ時、ゲルマン民族の純血主義を主張するナチスの人種政策と矛盾しないかと聞かれた時、ヒトラーは「要は勝つことだ、勝利のためなら悪魔とでも手を握る」と答えたという。日露戦争の時「黄色い猿」に過ぎなかった日本は、その時「黄色い悪魔」となっていたのであろうか。

昭和の初期ルネ・クレールの「自由を我等に」という映画で、オートメーションで蓄音機が次々に作られつつある工場の外で、さんさんたる日光の下、労働者たちが釣りをしたりダンスをしたりして労働のない自由な時間を楽しんでいる場面があった。現在日本では多くの産業ロボット（何年か前、世界中のロボットの六割は日本に集中していると言われた）がどんな熟練労働者よりも精密な作業で多くの優れたハイテク製品を世界中に送り続けている。ロボットは二十四時間休みなく働き続けることも出来、人間は労力を商品の管理とセールスに集中することが出来る。日本の経済的発展のひとつの原因がここにもあるという。機械は人間を苦しい肉体労働から解放してくれる。しかし人間の本質についての多くの問題がそこから生まれてくるであろう。

モラエスが「今から百年後、二百年後に日本はどうなるか…ああ、この問題は極端に複雑なので解答がみつからない」と書いてから六十五年以上が過ぎた。欧米物質文明を追いかけている日本の、失うものの多いことを彼は憂えていた。彼が憂えていた明治以来の軍事大国日本は亡びた。そして経済大国というだけでは日本に本当に明るい未来はない。精神文化を忘れた金銭万能では野蛮国であることに変わりはないのだから。

（平成二年二月二十日）

（注）「実録アヘン戦争」（陳舜臣著、中公新書、昭和六十年）
「島津斉彬公伝」（池田俊彦著、岩崎育英奨学会、昭和五十五年）
「失われた楽園―ロチ、モラエス、ハーンと日本」（拙著、葦書房、昭和六十三年）
その他参照

七　美は世界を救う

私が鹿児島市内の中学校に入ったのは昭和二年であった。市の人口が十万人台にふえたばかりのころであったろう。芸術文化の華ひらく街ではなかったが、市内のどこでも蝶が舞い、とんぼや小鳥が飛び交う緑豊かな街であった。夏になると、原良の田んぼでは無数の蛍が見られ、蛙の鳴声が賑やかであった。街の静寂をさまたげるものといえばわずかにチンチン電車の走る音のみであった。

そのころ、中学生は、映画館に入ることを禁じられていた。ただ、七高や新聞社などが時おり主催する中央公民館あたりの名画鑑賞会などには入れたように思う。「第七天国」のジャネット・ゲイナーや「ピーター・パン」のベティ・ブロンソンといった可憐な女優たちが、少年の胸をときめかせ、フランスの前衛映画やチェコの人形映画、ソ連の傾向映画、ドイツの空想科学映画などが私たちに異国の匂いとともに映画の限り無い魅力を感じさせた。軍国主義が、次第に私たちの青春の日々を灰色にぬりこめようとする中で、映画は私たちの夢をはぐくんでくれる新鮮な美の世界であった。色彩や音はまだ伴っていなかったが。

近ごろ私の周囲から「美しいもの」いや美そのものばかりではなく美を求めあこがれる人の心も次々に失われて行くように思われてならない。自然の美しさは次々に遠のき、街は喧噪に満ち、身近に昆虫らの姿も見えず、空には飛ぶ鳥の影もなく、夜、満天の星を見ることもすくない。

人類が美しいものにあこがれ、「美」の創造に心を燃やすことがなくなった時、人類は滅びる。美というものがなかったら、人間はこの世に生きることを欲しないかも知れない、と、シベリア流刑の地獄から生還したドストエフスキーは考え、美は存在の窮極の目的であること、美の前に跪拝《きはい》することが無上のよろこびであることを彼は訴える。こうした美の理念が次第に彼の芸術の中で深化されて行き、ついに「白痴」のムイシュキンの「美は世界を救う」という予言的な言葉にまで凝集されたのであると米川正夫氏は書いている。さて、この荒廃しつつある時代の中で私たちは「美」をどこに求めたらいいのであろうか。

平成二年（一九九〇年）四月十五日、グレタ・ガルボがニューヨーク市内の病院で死亡した。そのあまりにも神秘的な美しさのゆえに、その極端なまでに秘められた私生活のゆえに、「神聖ガルボ帝国」と言われた彼女は、その八十四年の生涯のうち、ヨーロッパで三本、ハリウッドに渡ってから無声映画十本、トーキー映画十四本、計二十七本だけの映画を残して三十六歳の若さで引退した。彼女の主演映画の中で、映画史を高い芸術的価値で飾るほどの傑作はない。はっきり言えば、彼女そのものが、映画が生んだ、そして映画でしか生むことの出来なかった美しい傑作品なのである。フランスきっての美人女優カトリーヌ・ドヌーブは、ガルボを失ったうつろな気持ちを次のように述べている。

「グレタ・ガルボがこの世から消えてしまったなんて！　全世界の終局に調印することになるといったら過言だろうか？　全く、この世も終わりといった気持ちだ」（「エル」七月五日号）

ドヌーブはガルボには二度しか会わなかったというが、強烈な印象を受けたのはガルボの素早い身のこなし、「エレガンスの幻影が可能な限りのところまで様式化されたような、不思議なほど素早い身のこなしだった」という。

アレクサンダー・ウォーカーの「ガルボ」という本は一九八〇年に発刊された労作であるが、この本の最後にウォーカーは「チャップリンとガルボは、映画の最高のスターである。彼らは、時代と場所と気質的な機会の特別な産物である。映画においてそのようなものは、同じようなスケールと同じような衝撃においては二度と生まれないだろう」と書いている。チャップリンもガルボも生まれねばならぬ時に、生まれるべくして生まれた映画の星（スター）であった。彼らの新作映画を世界中の何千万という人々が金を払って同時に見ることが出来た。

作家の大岡昇平氏はガルボの魅力について、知性とエロチックに加えて母性的なものが加わっていたと書き、「一九三〇年代は憂い顔の母性を要求していた」と書いている。

青春時代の大岡昇平氏のもうひとりのマドンナはガルボより一年おくれて一九〇六年に生まれ、二十四本の映画を残して三十六歳で引退したルイズ・ブルックスであった。彼が書いた「ルイズ・ブルックスと『ルル』」という本はコケティッシュで不思議な魅力に満ちていた美しい女優へのオマージュ（頌《しょう》）となっている。この本にはブルックスの才気あふれる二つの文章「ギッシュとガルボ」「パブストとルル」も収められている。ブルックスは大学教授の娘として生まれたのである。大岡さんの本が出版されてから間もなく一九八五年彼女はニューヨーク州ロチェスターの自宅で孤独のうちに死亡した。七十八歳であった。

ガルボやブルックスがなぜ若くして映画を見すてたのか。映画という生まれたばかりの若い芸術が、ハリウッドの商業主義に毒され続けていることへの嫌悪感はなかったであろうか。ガルボの場合は第二次世界大戦勃発への絶望感もあったようである。彼女は真剣にヒトラー暗殺を空想したこともあったという。彼女の祖国スウェーデンはナチスに制圧されていた。

ガルボブームは一九六〇年代に起き、世界中でガルボの映画が上映された。日本でも「ガルボ　フェスティバル」が催され、私は丁度福岡に行っている時に昼二本、夜二本のガルボ映画を見た。「椿姫」「アンナ・カレニナ」「クリスチナ女王」であった。あと一本を思い出せないが、多分「椿姫」が夜昼二度上映されたのではなかったろうか。「アンナ・カレニナ」は今年になってからＮＨＫで放映されたが、「アンナ・カレニナ」に関する限りビビアン・リーのものの方が良かったように思う。ガルボは一九二七年にも無声映画で「アンナ・カレニナ」を演じている。余程トルストイのこの小説が好きだったのであろう。彼女のもっともゴージャスな主演映画「グランド・ホテル」は昨年鹿児島の映画館でも上映されている。

ガルボはスウェーデンの貧しい労働者夫婦の家庭に生まれ、百貨店の売り子をしていた。彼女が初めてカメラの前に立ったのは帽子のモデルとしてであった（後年ガルボ・ハットは有名となった）。その貧しいスウェーデン娘が祖国が生んだ偉大な女王「クリスチナ女王」に主演したのは一九三三年であった。この映画で男装した女王の美しさは忘れ難い。恋を失い祖国を永遠に去る船のへさきに立って暗い海を見つめるラストシーンでの女王の陰鬱なまなざしと、憂愁に満ちた表情は、祖国も捨て、映画の世界にも決別しようとしているガルボの後半生を暗示しているかのように見える。ガルボにはたしかに男女具有のモノセクシアル的な魅力もあった。二十年ほど前、坂東玉三郎の歌舞伎公演がニューヨークで好評だった時、玉三郎の女形の演技に感動したガルボが玉三郎の楽屋を訪れたことが小さなニュース記事になったことがあった。彼女には多少倒錯的な美への好みがあったのであろうか。ガルボもブルックスも多くの優れた芸術家たちにとりまかれながら生涯独身で終わった。

近年、日本映画は沈み切っている。テレビの世界も創成わずか三十年余にして早くも悪しき商業主義の世界に埋没しつつあるかのように見える。新聞は何百万部という発行部数を競い合い、その支配下にあるように見えるテレビ局は視聴率を優先させている。十九世紀、新聞の発行部数が五千部を越すようになったころ、ジョン・スチュアート・ミルは「五千人の人間が毎朝同じものを読んでいる。こんな気持ち悪いことがまたとあろうか」と言ったという。視聴率の高い番組ほど実はつまらないものだと思い定めれば、創る方も見る方も随分気が楽になるであろうに。

今や東京を中心に大量生産される、商業主義に毒された芸術文化に大きな期待はもてない。鹿児島のような地方都市が奮起すべきなのだが、良い劇場、良い美術館、壮大な図書館、中央の受け売りをしない独自な新聞や雑誌などいつ生まれるのだろうか。

「いま、日本のマスコミが映画の話でわたしのところに取材に来ると、ほとんどが『黒澤おろし』をしてくれないでしょうかという。なぜわたしが黒澤監督の悪口をいわなければいけないの、と聞き返すと決まって『いえ、別に』という答えです」

これは「アサヒ芸能」の六月七日号におすぎさんが書いた映画評の中の言葉である。黒澤明の「夢」はスピルバーグの提供で日本映画ではないが、フランス、イタリア、イギリスでは大評判になっている。この映画は八十歳になった黒澤明の映画美学の最高結晶である。それに対して週刊新潮六月十四日号は「国内では陰りの見え始めた巨匠黒澤の名も海外ではまだ十分通用するようだ」と下劣な皮肉を書いている。日本のマスコミは数をたのみに日本の世論を勝手にねじまげることが簡単だと思っているのだろうか。今ややんごとなきあたりの御慶事などにまで意図的なバッシングが加えられようとしている。そう思うのは私ひとりの考えすぎだろうか。日本の出版物やテレビの多くが、企業の広告を頼りにしている。それにしては少し思い上がりが過ぎはしないだろうか。一方では八十歳の黒澤明の新作に金を出そうという企業はない。大岡昇平さんや島尾敏雄さんのような地味な優れた作家の全集が、死没後日が経っているのにまだ出版される気配はない。私たち日本人の中に芸術や文化に対する関心が低すぎるからであろうか。

（注）「ドストエフスキイ研究」（米川正夫著、阿出書房、昭和三十一年）
「ガルボ」（アレキサンダー・ウォーカー著、リブロポート社、昭和五十六年）
「ルイズ・ブルックスと『ルル』」（大岡昇平著、中央公論社、昭和五十九年）
その他参照

八　戦争と平和について

　昭和という時代ほど日本人に戦争と平和について考えさせた時代はないであろう。昭和六年に始まり昭和二十年の敗戦で終わった十五年戦争、その後の四十三年間に及ぶ平和、そして平成二年の現在では戦争を知らぬ世代が全人口の三分の二に達しているという。戦争の直接体験をもたないだけでなく「銃後」とか「千人針」とかいう日本語の意味すら判らぬ青少年が多く、太平洋戦争での日本の同盟国がドイツとイタリアであったことも知らず、中にはそれは中国ですかと答える少女もいるほどであった（テレビの街頭インタビュー）。日本が犯した戦争犯罪について、もっと多く教科書に書くべきだと主張する文化人や大学教授などが多いが、戦争そのものについての若ものたちの無知は誰の責任であろうか。

　ソ連の教科書には日本海海戦はもちろん、東郷や乃木という名前も出て来ないという。つい先頃までは国民の偶像であったスターリンのことをこれからはどう教えたらいいのか、ソ連の教師たちは困惑していると言われる。独ソ不可侵条約を破ってソ連に侵入したのはヒトラーの軍隊であったが、日ソ不可侵条約を一方的に破棄して満州国に侵入し、二十万の在留日本人を殺し、六十万の日本軍将兵をシベリアに抑留してそのうちの六万数千人（ソ連側発表の数字）を死なせたのはスターリンの政府であったことをソ連の若ものたちの何割が知らされているであろうか。

大阪外語のロシア語部の先輩で、「外語文学」などに重厚な小説も書いたりされている喜田説治さんは、「逆説の国ソ連」（ルスラーノフ著）という訳書の後記の中で、日本の敗戦後、奉天（現在の瀋陽）の街で、ソ連軍の若い兵士に中国人とまちがえられ「われわれは君たちを開放するために来たのだ」と話しかけられたことを書いている。また日中国交回復の直後、ソ連のホテルのバーで、かなりの知識人で共産党員でもあるソ連人から「日本はソ連の第十六番目の共和国になるのが一番いい選択だと思うが、きみはどう思うかね」と聞かれたという。「そんなことを希望する日本人は一人もいないよ」と答えると「どうして」とふしぎそうな顔で問い返したという。「彼にすれば善意の提案だったのだ」と喜田氏は書いている。敗戦後、日本はアメリカの五十何番目かの州になった方が幸福ではないかと言った毒舌家で有名なジャーナリストがいた。そのころ日本人はアメリカ一辺倒で、なんでもアメリカ式でなければ気がすまず、一方ではソ連の脅威を強く感じつつあった。亡国的というほどのことではないが、日本人であることがやり切れなく心細く思われる、という時期がたしかにあったのである。

私は日清、日露の戦争のあと、朝鮮半島で、「中国やロシアにいつもおびやかされている朝鮮は、今や大国となった日本の庇護の下にいる方が幸福ではないのか」とその国の人々に語りかけている日本人がたくさんいたのではないかと空想する。戦勝国日本人の思い上がりが日韓併合の不幸な出来事を生んだのであろう。

明治四十三年八月公布された「日韓併合に関する条約」の第一条には「韓国皇帝陛下ハ韓国全部ニ関スル一切ノ統治権ヲ完全且永久ニ日本国皇帝陛下ニ譲与ス」となっており、第二条では日本国皇帝がその譲与を受諾し、併合を承諾するということになっている。日韓併合は韓国側から申し込まれたのだという形式を取ったのであろうが、実際は日本側の力による併合であったことは間違いない。韓国にとっての大きな不幸は、当時の英米両国が日本の朝鮮支配を黙認したことであった。当時英米がもっともおそれていたのは帝政ロシアの南下政策であり、明治三十五年の日英同盟は英国側からすれば日本をロシアに対する盾《たて》にするためのものであった。日本が朝鮮に進出することは英国および米国にとっては当時はむしろ好ましいことであった。英米が日本の強大さに本当に警戒心をいだき始めるのは第一次世界大戦のあとで、大正十年日英同盟は米国の要求もあって、英国側から一方的に破棄される。それまでドイツ領であったトラックやサイパンなどの島々が日本の委任統治領になったことで米国も強い脅威を感じ始めたのである。昭和の初期、「日米もし戦はば」といったような日米未来戦ものが書かれたり、日米双方が仮想敵国を意識するようになる。そこで昭和七年の満州国建国以来、日本は世界の中で孤立化し始める。ヒトラー、ムッソリーニなどの独裁者らが日本に誘惑の手を伸ばしてくる。二・二六事件は親英米派の重臣らを天皇の周囲から排除するためのものでもあったがその翌年日中戦争、そして日本はついに太平洋戦争の泥沼につき進む。

スイスのベーベルという人が電子計算機で計算した所によれば、人類五千年の歴史のうち、世界中のどこにも戦争がなかった年はわずか二九二年に過ぎず、今までに一四〇五三回乃至一四五三一回の戦争があり、死者三〇億を出し、創世以来狂信で殺された人も三三〇九万五二九〇人に達しているという。数字を信ずる信じないは別として、昭和二十年の敗戦以来四十五年間も平和であった日本などは歴史上むしろ珍しい例に入るのであろう。しかし平和ボケがいいか悪いか。今後の歴史が証明するであろう。

江戸時代の三百年間近くも、島原の乱など二、三の流血を除けばおおむね国内平和の時代であった。名前は失念したが、ある有名な儒学者が弟子たちに「もし孔子孟子が大軍をひきいて日本を攻めに来たらどうするか」と問うた所、皆黙して答えられないのに対して先生は「その時は戦って敵を追っ払う。そのことこそ孔孟の教えではないか」とさとしたという。「治にいて乱を忘れず」が幕末の動乱から明治にかけての日本を救ったのである。

勝海舟は日清戦争に大反対で、かつて先生であった国になぜけんかをふっかけるのか、もし日本が清国を倒せば、その肉をむさぼり食うのはイギリスやロシアではないかと怒ったと伝えられている。日清韓三国が同盟して欧米帝国主義に備えねばならない、というのが勝やその盟友西郷南洲らの根本的な考え方であったようである。

西暦六六三年、白村江（ハクスノエ）の海戦で日本の水軍は四百隻の軍船を失って大敗する。そのころ朝鮮半島は三韓時代で、新羅《しらぎ》が唐と結んで攻撃したのに対して百済《くだら》は日本に救援を求め、両方の連合軍が戦ったのが白村江の海戦である。半島はその後新羅によって統一されるが、五百数十年後には朝鮮半島は元の蒙古軍に侵略され、一部の人は日本に救いを求めるが及ばず、やがて蒙古軍は高麗軍と連合して日本侵入を企てる。一二七四年の文永の役、一二八一年の弘安の役と二度にわたる蒙古来襲は神風（台風）によって救われる。元は第三次日本侵略を計画していたが、南宋の抵抗、安南（ベトナム）の反乱に力を取られて実現しない。一二七九年南宋滅亡、一二八四年元軍安南に遠征、そして元の滅亡は一三六八年である。ベトナム戦争のころ、昔の安南反乱こそ当時の日本にとっての真の神風だったのだ、と書いた歴史家がいた。だから日本はベトナムを支援すべし、というのであろう。

昭和二十五年の朝鮮戦争が、スターリンや毛沢東の了解の下に北側から仕掛けられたものであったことは最近フルシチョフの証言などソ連側の資料が公開されている。戦況が北側に不利になると中共軍数十万も参戦し、毛沢東の息子まで戦死した。しかし最大の被害者はもちろん朝鮮半島の人々であった。それももともとは日本の朝鮮併合が原因になっている、そして朝鮮人百万が血を流している時に、日本は軍需で大もうけをしたではないか、というのが韓国の人たちの怒りとなっているのである。日本経済が朝鮮戦争とベトナム戦争によって急成長したことは一部事実であろう。日本は他人の不幸によって漁夫の利を得たのである。

日本国内には現在六十八万人の韓国人朝鮮人が在留しているという。その、日本に帰化していない人たちまでが、日本人と同じような権利を与えられていないことを差別待遇といって日本政府を批判・攻撃するのは間違っているのではないか、と書いた人がいる。日本人ではなく韓国の啓明大学助教授鄭大均（チョン・テ・ギュン）氏である。在日韓国・朝鮮人に対する差別のほとんどは日本国籍の取得で解決するはずだと彼は書いている。現に十五万の帰化朝鮮人もいるという。

古代以来中国や朝鮮から日本に移住もしくは亡命した帰化人が日本の発展に大きく寄与したことは歴史が示している。赤穂義士のひとり武林唯七もたしか中国から移住して来た人の子孫である。現在でも芸能やスポーツの世界で活躍している韓国系の人は多い。東京選出の自民党代議士の中には韓国から帰化した人もいるという。

「それにしても、在日韓国・朝鮮人はなぜ日本国籍を取得しようとしないのだろうか。運動家たちによって語られているのは、帰化は同化装置であるとか、帰化をしても実は差別や偏見は残るのだという議論である」と鄭氏は書いている。多年の間植えつけられてきた朝鮮半島の人たちの対日不信感は根強いものであろう。しかし両民族間の親和なくしてアジアや世界の平和はあり得ない。

アメリカの日系二世人たちは、第二次大戦に志願従軍し、その四四二部隊はイタリア戦線で多大の犠牲を出した。ゴー・フォア・ブローク（当たってくだけろ）が彼ら二世部隊の合言葉であった。現在ハワイやアメリカ本土で日系アメリカ人たちが多くの信頼をかち得ているのはアメリカ国民として戦死した人たちの血と汗のおかげも大きいといわれる。そのアメリカで心ない日本人事業家たちが土地や家屋を買い占め、日本人観光客たちが無作法な行動をとったりして、日系アメリカ人たちが築いて来た日本人に対する高い評価を傷つけつつあるという。日本人がもっと冷静に歴史を学び直さねばならぬ時が来ているような気がする。

（注）「逆説の国ソ連」（喜田説治訳、原書房、昭和五十六年）
「日韓併合小史」（山辺健太郎著、岩波新書、昭和五十六年）
「『在日』の神話」（鄭大均、諸君十月号）

九　過去と未来について

英国のアジアに於ける最大の拠点シンガポールが日本軍によって占領されたのは昭和十七年三月十日であった。軍の嘱託であった私が翌日市街地に入った時、全市が停電し、石油タンクは黒煙を吹き上げて天日をかくし昼なお暗い状況であった。石油タンクの炎上は日本軍に石油を渡さないための英軍の放火であったろう。

三、四日後私は蘭印最大の油田地帯スマトラ島のパレンバンに飛んだ。太平洋戦争中大規模な日本の落下傘部隊が降下した唯一の作戦地域で、これは破壊される前に油田を確保しようとする奇襲作戦であった。日本にはそれほど石油が欠乏していたのである。最近発表された「昭和天皇の独白八時間」（文藝春秋十二月号）によれば米英支蘭「ＡＢＣＤライン」の経済封鎖による石油禁輸が日本を窮地に追い込んでおり、開戦決定の御前会議での問題の重点が石油にあったことを天皇も話しておられる。終戦後私が読んだものの中に、開戦時日本の石油保有量は半年間分しかなかったと書かれたものがあった。のちに『ガソリンの一滴は血の一滴』と叫ばれ、自動車も木炭を焚いて走らざるを得なくなったのも当然であった。

私は昭和十七年三月末、カンボジアの首都プノンヘンからタイの首都バンコクまで国際列車とは名ばかりの貧弱な客車で三十時間ほどの旅をしたが、機関車の燃料は主として木材であった。線路の両側にジャングルが多い所では、機関車の煙突から出る火の粉で線路周辺の山林や草原には山火事のあとが目立った。暑いと言って客車の窓を開けると、飛び込んでくる火の粉で服はたちまち焼け穴だらけになってしまう。こうした経験から私は、もし石油がなくなったら、船も汽車も木材を焚いて走るようになるかも知れないと思ったりした。石油の発見はアメリカで一八七〇年代、中近東では一九〇〇年以後のことである。石油エネルギーの歴史はまだ浅いが、石油資源は有限である。いつの日かまた木材の重要性が見直される時が来るであろう。現在でも開発途上国では料理や暖房に薪を用いることが多いのである。人類はもっと森林資源を大切にしなければならない。今、地球上の六十億の人間が一人に一本樹を植えるだけでこれからの地球の環境がかなり改善されるだろうと言う人がいる。反対に、もし熱帯森林が消滅すれば地球は亡びるであろう。古代メソポタミアの文明は都市建設に必要な煉瓦を焼くために周辺の森林を伐採しつくした結果土地の砂漠化をまねき、都市も文明も亡び去ったのだといわれる。

パレンバンを飛び立ってジャワ島のカリジヤッチ飛行場に降り立った時、前の夜まではまだ爆撃で死傷者があったというその最前線の飛行場に蘭印総督と総司令官が投降して来た。インドネシアに於ける三百年のオランダ支配が終わりを告げる歴史的な降伏調印式を私は隣の部屋から見ていた。そのあと、高原の美しい街バンドンに向かい一泊してから首都のバタビヤ（現在のジャカルタ）に着き、その夜軍政部の市来竜夫さんと二人ホテルで飲んだ。

市来竜夫さんについては今多くを語る紙数がない。彼は熊本出身の熱血漢で、インドネシア人以上にインドネシアを愛し、軍と共に上陸後、のちに初代大統領となったスカルノを牢獄から救出するのに活躍したりして、そのまま軍政部に勤務していた。日本軍将兵に配布されていたポケット用のマレイ語会話の本は市来さんが作ったものであった。彼はインドネシアの解放と早期独立を切望していたが、日本政府の占領政策に裏切られ、悲憤の涙を流した。そこで日本の敗戦後インドネシア独立軍に身を投じてオランダ軍と戦い、独立共和国の誕生を目前にして一九四九年（昭和二十四年）一月四日東ジャワのマラン州ダンピットの寒村で戦死した。享年四十三であった。

市来竜夫さんの数奇な生涯については早稲田大学講師の後藤乾一氏が同大学の社会科学討究第五七・第五八号で「日本人のインドネシア観—市来竜夫論序説」（昭和五十年三月）で書いておられる。いささかの資料を差し上げた私にその抜刷本三十二頁の小冊子を送って下さったが、その中で私は市来さんの無念の気持ちを充分察することが出来る。

後藤氏によれば日本政府は開戦前の昭和十六年十一月に南方占領地に対する日

本軍政の基本三大原則を決定していた。それは（一）民心の把握と治安の確保、（二）戦争遂行に必要な主要国防資源の急速獲得、（三）作戦軍の現地自治であった。そのために「独立運動を過早に誘発せしめないように努め、インドネシア将来の帰属について暗示するが如き言行は厳に戒しめること」が最大の眼目とされた。つまりアジアに於ける欧米列強植民地の解放と諸民族の独立、大東亜共栄圏の建設、世界新秩序の確立などが聖戦の目的と宣伝されていながら、現実では南方資源の確保による百年戦争の完遂が目的であり諸民族の独立国家承認は後回しにされていた。欧米列強の植民地がアジアから一掃されたのは事実であるが、代りに日本軍の支配が始まったのであった。

かつて日露戦争のあとの日本について、中国革命の父孫文は大正十三年（その死の前年）神戸での「大アジア主義」という講演の中で、日本がロシアに勝った時、全アジアの民族は驚喜し、きわめて大きな希望をいだくにいたったと述べ、しかし将来日本が「西方覇道の手先となるのか、それとも東方王道の干城《かんじょう》となるのか、それはあなたがた日本国民が慎重にお選びになればよいことであります」と講演の最後を結んでいる。その孫文の祈りを裏切り、日本はアジア全域に於いて覇道の道をすすみ、多くの悲劇の種子をまいた。市来竜夫さんの戦死はインドネシア民族の独立への願望を裏切った日本という国家に代わっての贖罪行為であったに違いない。彼は日本人の信義を守る為に死んだのである。

日本を愛し昭和四年徳島で死んだポルトガルの作家ヴィンセスラオ・デ・モラエスはその「日本通信」の中で「もし日本がインドネシアからホンコンからマカオから膠州湾からフィリピンから一斉に西欧勢力を駆逐しようと企画するようなこととなれば、それは日本にとって将に自殺行為となろう」と書いている。モラエスによれば、日本の使命は西欧の支配勢力に対して直接軍事的に対決するのではなく、アジアの眠れる諸民族を覚醒させるための指導を行うことでなければならなかった。孫文の言う「王道」もそのことであったろう。

私はノモンハンで戦死した三十六歳の兄、ミッドウェーで戦死した二十四歳の弟、市来竜夫さん、南京で銃殺された中学の同窓生野田毅君のことなどを思うと、時々、生きながらえて何もしていない我が身を顧みて、声を上げて泣きたくなることがある。あれはなんと無残《むざん》な戦争であったことか。

私は野田少尉と向井少尉の百人斬り競争の新聞記事を信じない。二人を銃殺させる戦犯容疑の原因となったその新聞の記事を書いた人を問いつめてそれが虚構であったことを告白させたのは、戦後長い間父の汚名のために苦しんで来た向井少尉の娘さんであった。当時向井少尉は砲兵隊の小隊長、野田少尉は大隊副官で百人斬り競争など出来る戦闘配置にはいなかった。野田君は南京での「獄中日記」の最後に「死刑に臨みて」と題し、「虐殺の罪名は絶対にお受けできません、お断り致します」と述べ、しかし「私は死刑執行されても貴国を怨むものではありません。我々の死が中国と日本との楔《くさび》となり、両国の提携となり、東洋平和の人柱となり、ひいては世界の平和が到来する事を喜ぶものであります。何卒我々の死を犬死、徒死たらしめない様、これだけを祈願致します。中国万歳、日本万歳、天皇陛下万歳」と書いている。彼の南京雨花台での死は彼自身が「日本男児の最後が如何なるものであるかをお見せ致します」と獄中日記に書いているように、中国兵士も感嘆せしめるほど見事なものであったという。彼は西郷さんを崇拝し、士官学校時代のある雨の日、赤ふんどし一つになって上野の西郷さんの銅像にはしごをかけ、それを洗い清めたという逸話が同級生の間で語り伝えられている。

ジャカルタの夜、市来さんと語り合った時、彼はひとつの興味ある話をしてくれた。それはインドネシア民衆の間に、「やがて天から白い天使の軍隊が降りて来てインドネシアをオランダから解放してくれる」という言い伝えが古くからあったというのである。パレンバンに降下した白いパラシュートの落下傘部隊「空の神兵」はその伝説の神の軍隊ではなかろうかとインドネシア人は語り合っていると、市来さんはうれし気に話して笑った。しかしその神の軍隊日本軍の占領政策の未来に大きな不安があることも市来さんは話していた。

パレンバンの神兵は果たして神兵であり得たのか。彼ら神兵は石油という「魔の水」を確保するための悪魔の軍隊でもあったのではないか。世界新秩序の建設を唱えながら第二次世界大戦は「持たざる国」日独伊と「持てる国」米英ソの間の資源獲得戦争でもあった。ヒトラーは油田を求めてルーマニアやソ連に侵攻した。そして日本はパレンバンに。

平成二年八月以来の中近東紛争でフセインはアラブの大義による聖戦を叫び、アメリカのブッシュ大統領は民主主義の防衛を唱えている。たしかにイスラム教とキリスト教との宗教戦争という一面もあるが、中近東が世界の石油の五十％を産出していなければクウェートの悲劇もイラク民衆の苦難もなかったのではなかろうか。人類がもしも石油というものの使用に気づかなかったら、そしてその争奪に心を奪われなかったら二十世紀に於ける戦争の犠牲の半分はなかったかも知れない。ガソリンの一滴はまさしく血の一滴以外の何ものでもなかったのである。

二十一世紀の開幕を前にして、私たちは真の文明が何であるかを深刻に考える時期に来ている。わずかばかりの便利さを求めて、しかし何よりも物質的欲望を際限なく増大させることによって私たちは地獄への道を急ぎつつあるのかも知れない。

（平成二年十二月五日）

（注）孫文の講演については中央公論社発行「世界の名著」第六四巻「孫文・毛

沢東」篇を、モラエスについては拙著「失われた楽園―ロチ、モラエス、ハーン
と日本」、野田毅君については同じく拙著「アサ女覚え書」所収の「亡友記」を、
その他「『南京大虐殺』のまぼろし」（鈴木明著、文春文庫）などを参照。

十　日本人と独裁者たち

我らに自由を与えよ、然《しか》らずんば死を与えよ！

昭和初期の少年時代、こんな言葉を読んで、気持ちの高ぶりを覚えたことがあった。アメリカ独立戦争の時、英軍に立ち向かったアメリカ兵士のひとりが叫んだ言葉だという。その兵士の名前をどうしてもはっきり思い出せず、パトリック・ヘンリー？　といったような名前がふと頭に思い浮かぶがもちろん確かではない。しかしそのような兵士か詩人がいて「自由を与えよ！　然《しか》らずんば死を！」と叫んでアメリカ独立軍の志気を高揚させたことは事実であったろう。

アメリカと言えば「自由の国」という少年時代に植えつけられたイメージはなかなか消滅しないものである。アメリカの悪い所もいろいろ判り、第二次大戦のミッドウェー海戦では弟をアメリカ軍に殺されていながら私は大体に於てアメリカという国が好きである。このことはロシアも同じで、兄がノモンハンでソ連空軍に殺され、スターリンという独裁者を憎みながらも、少年時代から親しんで来たトルストイやドストエフスキーやチエホフの小説などに出てくるロシア人というものに反感を持つことは出来ない。チャイコフスキーの「悲愴交響曲」やラフマニノフの「ピアノ協奏曲第二番」などのロシア音楽はポーランドが生んだショパンのピアノ曲と共に私の好きなクラシック音楽のベスト・テンに入る。と同時にアメリカのポピュラー曲、ミュージカルなども大好きなものが多い。

政治体制の違いが米・ソの対立を深めていた間、その波紋が日本をも苦しめて来た。ソ連に対する日本人の不信と恐怖は、日ソ不可侵条約を一方的に破ってソ連軍が満州国に侵入して多くの日本人を殺し、北方四島も奪ったことに始まった。一方、敗戦以来、感情的に、あるいはイデオロギー的に、反米意識を持つ日本人も少なくない。その反米思想は日米経済摩擦、殊に湾岸紛争の発生以来テレビや新聞紙上などで特に目立ってきたように感じられてならない。

反ソ、反米、そして日本人同士の対立抗争は日本人を決して幸福にはしない。

私たちは政治経済やイデオロギーを離れてアメリカやソ連をもっと裸の目で見直す必要に迫られている。そして人間の根本の問題に「自由」というものがあり「民主主義」というものがあることを忘れてはならない。

アメリカの独立以来世界各地から自由の新天地を求めて多くの移民が殺到した。大部分が貧しい人たちであった。一八六〇年から一九〇〇年までの四十年間の移住者は約一千四百万人、アメリカの人口の約十四％が外国生まれであった。それ以前にアフリカ大陸から強制的に連れて来られた黒人奴隷も何百万かいた。アメリカ大陸は人種のるつぼとなり、国家意識の統一には多くの努力を要した。一八六一年に始まり一八六五年に終わった南北戦争という内戦は南軍北軍合わせて六十万人以上の戦死者を出す大惨劇となった。同じ時期の西部開拓もフロンティア・スピリットを育てたがそれはアメリカの激しい苦闘の時代でもあった。

その歴史が示すようにアメリカ人ほど自由と民主主義を尊び、抑圧と専制を憎む国民はいないであろう。もちろんあらゆる国家が栄光の歴史と同時に汚辱にまみれた歴史ももっている。白人たちの中にある人種差別意識、資本主義社会の中のいろいろなひずみ、よく見ればアメリカも悩み多き、前途多難な国家である。殊に多民族国家のむつかしさは日本人には理解し難いものであろう。ただ忘れてならないことはアメリカの中には日系人も多いということである。日米両国が不和になった時、一番苦しむのは在米日本人たちであろう。第二次大戦中に日系人たちが味わった悲劇は最近アメリカでも大評判になっている「愛と哀しみの旅路」という映画にもよく描かれているという。

昭和九年五月三十日、日本海海戦のヒーロー東郷平八郎が喉頭癌で死去した。その晩年、東郷は加藤寛治大将に対して「アメリカと、ことを起こしちゃいかん。できれば、〝不戦条約〟でも結ぶんだなあ！」と遺言めいたことを話したという。加藤は当時軍令部長であり、ロンドン軍縮条約で対英米比率五・五・三の劣勢に抑えつけられた日本海軍の前途について東郷にいろいろ相談した時の東郷の意見が以上のものであった。加藤は東郷の遺言について頭を悩まし、陸軍側の真崎甚三郎、荒木貞夫の両大将にも極秘に打診し、大阪の西尾橋にある桃山荘という静かな旅館の一室で深夜まで相談し合ったことがあったという。その結論が出ないまま翌十一年の二・二六事件となり、さらにその翌年日本は日中戦争に突入し、日独伊同盟に傾いて行く。もともと海軍が親英米的であったことに反発し陸軍はヒトラーやムッソリーニの全体主義国家に接近して日本の悲劇の原因を作った。

日本は、明治三十五年以来日英同盟を結んでいたが、第一次世界大戦で陸軍の欧州派兵を望む英国の要求に応ぜず、わずかの艦船を印度洋に送った他は、大陸の青島《チンタオ》や南洋諸島のドイツ領土を占領して火事場泥棒的行為をした。たよりにならぬ同盟国日本に対する不信と、日本の強大化に対する不安が大正十年英国側からの一方的な日英同盟破棄をまねいた。背後にアメリカの意向があったことも事実である。そしてロンドン軍縮条約における日本圧迫、それに関東大震災や世界的大不況による経済の荒廃から日本軍部は活路を大陸に求める。満州事変、国際連盟脱退、独伊への接近、そして国際孤立を深めて英米との開戦にまで暴走する。

昭和初期のあやまちを、今、平成三年の日本は湾岸紛争で繰り返そうとしている。日米安保条約がありながら日本はアメリカに大きな協力が出来なかった。血も汗も流さず、金すら出ししぶった。あてにならぬ同盟国日本に対するアメリカ人の不満や反発を日本は当然覚悟しなければならない。

湾岸戦争について私が終始疑問をもったのは、多くの反アメリカ的批判はありながら、一方で、イラクのサダム・フセインという独裁者に対する激しい怒りが日本の新聞雑誌・テレビにはほとんど見られなかったことであった。フセインはヒトラーやスターリンへの尊敬と傾倒をはっきりと公言し、アラブの大義という美名にかくれて中近東の覇者たらんとする野望をもち、クウェートを侵略した。このような独裁者の侵略戦争を黙視して人類に明るい未来はない、という危機感を日本の政治家、言論人、文学者などは本当にいだかなかったのであろうか。一方では得意気にアメリカ批判を行いながら。

フセインのクウェート侵略の背後にソ連、少なくともソ連軍部があったのではないかという疑いを私はまだ捨てていない。ソ連がイラクに数千人の軍事顧問団を送り、多くの兵器（イラク所有の兵器の五十％、多い時は八十％がソ連製、二十％がフランス製、十％が中国製）を提供し、米軍の地上戦突入を前にしては急に和平案を出して、フセイン政権の温存を計ろうとした。アメリカにはソ連の意図は容易に推測出来たであろう。ブッシュ大統領が五十万の大軍を電光石火の勢いでサウジアラビアに展開させたのはそのためであろう。フセインは作戦をあやまった、先にサウジを占領すべきであった、と、ある中近東の国の石油大臣が言ったのはフセインが百万の大軍をもって、兵力二万のクウェート、兵力八万のサウジを一気に占領するつもりであったことを疑わせる。そうなれば中近東の五十%の石油がフセインの手に落ちる。そして日本は石油の七十%、アメリカは十一%、西欧諸国は三十一%を中近東に依存しているのである。

アレクサンドル・レフチェンコというソ連テレビのイラク特派員は、イラクのクウェート侵攻後間もなく、日本のNHKの特派員に「クウェート侵攻作戦はソ連の軍事顧問団が立案したという話を聞いたが本当なのか？」と質問されてびっくりしたという。念のために極めて信頼できる筋に確認したがもちろんそんなことはなかった、アメリカ側のプロパガンダであろうとレフチェンコは弁護している。

将来、石油など地下資源をめぐっての抗争は世界各地でますます激しくなるであろう。アフリカ大陸には日本のハイテク産業に必要なレア・メタルの多くが埋蔵されている。しかもこの地にはかつてのアミン大統領のようなけた外れの独裁者が出やすい条件が多い。日本経済の将来は多難である。もちろん石油依存の物質中心文明に対する真剣な反省も必要となる。

湾岸戦争に対するブッシュ支持の世論は九十%近くに上昇した。フランスでは地上戦突入賛成が八十%を越え、フセイン打倒支持に至っては八十八%に達した。ヒトラーにあれほど苦しめられたフランス国民にとっては、アメリカの政策に対する多少の不満を超えて独裁者に対する怒りと恐怖の方がはるかに強いのである。

日本における昭和の時代はヒトラー、スターリン、毛沢東などの独裁者にかき回された歴史の時代であった。明治以来の親英米思想や、アングロ・サクソン文明崇拝に対するひそかな抵抗が多くのヒトラー支持者を生み、過激な国枠主義と結びつき、軍国主義の台頭をまねいた。ヒトラー亡きのちのスターリンや毛沢東に対しても日本人は不思議と寛大な一面をもっている。日本人は独裁者に対して無防備である。日本の軍部は横暴であったが、日本国民を大量処刑するような恐怖政治はなかった。アメリカは張子の虎だ、アメリカの原爆で三億人死んでも中国にはまだ七億の人民が残る、と言ったのはたしか朝鮮戦争後の毛沢東であった。天安門事件で、百万人位殺しても大したことはないと豪語した中国の指導者もいた。南京虐殺で日本軍が三十万人殺したと大宣伝する中国の政治家が自国の国民に平然と銃を向けさせ、百万人位は殺す覚悟でいたのである。同胞に対するそれほどの民衆憎悪や人命軽視の思想は日本人にはない。もちろん日本の皇室の伝統にもそれはない。

第一次大戦後にドイツ皇帝を追放したのはあやまりであったと書く史家が欧米にいるという。ドイツ皇帝の政治的野心などヒトラーのそれに比べれば大したことではなかった、皇帝追放がヒトラーの出現をまねいたというのである。ヒトラーは六百万人ものユダヤ人（といっても主としてドイツ国民）を殺し、フセインは敗戦後もイラク国民を殺し続けている。独裁者はおそろしいものであることを日本人は忘れるべきではない。

（平成三年三月十七日）

（注）東郷平八郎については相良俊輔「海原が残った—提督東郷平八郎伝」上・下（光人社、昭和四十九年）、レフチェンコについては「文藝春秋」四月号「湾岸戦争十五の大疑問」参照

十一　人間このおそろしきもの

大正十二年（一九二三年）の関東大震災は、第一次大戦後の好景気に浮かれ、世界の五大強国にのし上がったとうぬぼれていた日本人に、どっと冷水をあびせかけた大災害であった。それに加えてロシア革命後のマルクス思想の流行、世界的な大不況による経済不安が日本をゆさぶり続けた。軍縮の機運は世界の趨勢《すうせい》で、軍隊で余った将校を中学校以上の学校に配属して、生徒たちに軍事教練をする制度が出来たのが大正十四年であった。この年、のちに沖縄軍司令官として自決された牛島満大将が、陸大出のエリート少佐でありながら母校の鹿児島一中に配属され、その後三年ほどを陸軍教官として勤務された。優しく慈愛に満ち、生徒たちを叱ったこともなく、常に微笑を絶やさぬ、真に武人らしい人であった。

そのころ、鹿児島一中は海軍兵学校や陸軍士官学校への合格率で毎年全国中学校の五位以内に入る名門校であったが、そのころの少年たちが特に軍国主義的であったという印象はない。もちろん純粋に国を愛する少年が多かったのも事実だが、海兵、陸士、それに師範学校は月謝不要で、家が豊かでなく心身、学業ともに優秀な子供たちは一応それらの学校を進んで受験する傾向があったことも事実である。大学は出たけれど就職難という時代で、子弟に海兵などを受けさせる父兄も多かったようである。

昭和六年九月、満州事変が起こった日、校庭で教練の服装をし、銃をもって整列している私たち生徒の前に、陸軍少佐の教官が「やったぞ!」と絶叫して教員室からとび出して来たことがあった。うっ屈していた軍人の血が一度に爆発したのであろう。その年から昭和二十年の敗戦までの十五年間、日本は軍国主義の闇の時代となった。

もし関東大震災で東京周辺が壊滅《かいめつ》しなかったら、その後の日本の運命は少し変わっていたかも知れない。アメリカはじめ多くの国から救援の手が差しのべられたが、自尊心の強い日本人にとっては精神的負担となったろう。また、かくも大きな天変地異は日本人の心に無常感をうえつけ、人生観にも少なからぬ影響を及ぼしたはずである。東京は安政二年（一八五五年）にも大地震を経験している。こんなあぶない場所に日本の首都があることは不思議に思えてならない。

明治維新のあと、首都を大阪にすべきか、江戸にすべきかについてかなり大きな議論があった。江戸は武士の町、大阪は商人の町である。江戸を首都にすることによって日本は武家政治を引きつぎ、軍事優先の国になったと考えられないこともない。軍人は政治に関与すべからずというきびしい掟も陸軍士官学校が東京（海軍兵学校は広島県の江田島）にあったりすれば、青年将校らの目が政治に向けられて当然であった。青年将校の多くが地方出身であり、彼らの部下となった兵士らも農村出身が多かった。その農村から不況のため多くの娘たちが都会に売られてくる。政党は財閥と結託して政治を腐敗させ、都会にはエロ・グロ・ナンセンスの刹那的な享楽が流行している。純真な青年将校らが昭和維新を叫び始め、五・一五や二・二六などの血なまぐさい事件が続く。イタリアでファシズム、ドイツでナチズムが起こりコミュニズムと対立し始める。内外ともに大動乱の時代であった。

近い将来、東京に関東大震災程度の地震が起これば、数十万の死傷者を出し（関東大震災の時は死者行方不明者十五万）、日本はもちろん世界の経済に破滅的影響を及ぼすだろうと言われている。そのように危険な東京になぜ日本の中心が置かれ、人口も集中するのか不可解である。首都を他に移すことを真剣に考えるべき時ではなかろうか。大学などは大半を地方に移すべきである。東京、京都、東北、九州、北海道に国立大学を分散し、一高から八高までの旧制高校を地方都市に分散して設置したことは、明治の人たちの遠謀深慮であったろう。政治経済文化教育の東京集中は日本衰亡の原因となりかねない。今こそ健全な地方の建設を考えるべき時であろう。

昨年（平成二年）アメリカでの交通事故死は四万六千人、日本も死者一万一千人を超えているという。この数字は史上最悪とマスコミは報じているが、実は昭和四十五年には一万七千人が死に負傷者は九十八万人に達しているのである。昭和三十五年と昭和四十年にもそれぞれ一万二千人以上が死んでいる。昭和二十年に死者三千人（事故件数九千件）を出して以来、道路交通事故による死者は増え続け、この四十六年間ではおそらく四十万人近くの人が自動車で殺されているであろう。この数字は原爆や空襲による死者に近い数字である。敗戦後日本は外国と戦争をしていないが、国内での交通戦争の火の手は消えそうもない。

映画監督の黒澤明は十三歳の時関東大震災に遭い、少し年齢のはなれた兄に連れ出されて一日中焼け跡を歩いたという。死屍累々たる惨状から目をそむけようとする弟に向かって、兄は、こわいものから目を逸《そら》すな、世の中にこわいものなどないのだ。こわいと思って見るからこわいのだと言い聞かせたという。黒澤明はその後左翼の非合法活動に参加して警察に追われたりした時期があったが、そのころ見た社会の底辺や、敬愛する兄の自殺など、見るべき地獄はすべて見た青春時代であったろう。「どん底」や「赤ひげ」に描かれた下層社会の悲惨さ、「影武者」や「乱」に見られる多くの死者たち、それらのむごたらしさは、かつて彼が東京の焦土の上で見た地獄の再現であり、原爆に対する彼の怒りも、少年期に見た死体の山と無関係ではないであろう。そして戦争や原爆はそれが正《まさ》しく人間の所業であるだけに一層憎むべきものに思われるのである。

黒澤明の新作「八月の狂詩曲」はまことにりっぱな日本映画である。ことさら「日本映画」と書いたのは、「ドン・キホーテ」はもっともスペイン的であるがゆえにもっとも世界的な文学なのだと言ったアンドレ・ジイドにならって、「八月の狂詩曲」はもっとも日本的であるがゆえにもっとも世界的な映画であると言いたい。世界に通ずるりっぱな日本映画であるという意味である。

寅さん映画の山田洋次監督は「映画が終わった時、拍手をしないでいられなかった。そしてぼくも黒澤さんと同じ日本の映画人であることを、誇らしく思った」と感想をのべている。しかし、黒澤明は日本国内ではマスコミに足を引っ張られることが多い。海外での評価の高さを卑しめようとする記事が新作発表の度に書かれている。「八月の狂詩曲」の場合も同様であった。その「八月の狂詩曲」に出演したリチャード・ギアは「彼（黒澤）は国宝ですよ。あなたたち（日本人）は幸福ですね」と語っているが、聞きようによっては、これは黒澤明を理解出来ない、理解しようともしない日本人への痛烈な皮肉のようにも受けとれる。

数年前山田洋次との対談の中で、作家の井上靖は、オーストラリアで黒澤明の「用心棒」が上映された時、終わったあとアンコールの拍手喝采が鳴りやまないので、映写技師がフィルムを巻き返して、二度三度ラストシーンを上映したというエピソードを話している。同じ対談の中で、山田洋次監督は「寅さん」の撮影を見学に来た外国人団体が笠智衆の姿を見ると、みな姿勢を正して敬意を示したという話をしている。小津安二郎の数々の映画を通して彼らは笠智衆がもっとも立派な日本人の典型を演じていると思っており、彼ほどの名優なら英国でローレンス・オリヴィエが授けられたような「サー」という貴族の称号に匹敵する位のものをもっているに違いないと思ったらしいのである。黒澤や小津などの映画を通して外国人の方がより良く日本を理解しているのかも知れない。

「八月の狂詩曲」のおばあちゃん役で実に見事な演技を示された村瀬幸子さんは八十六歳になられたはずである。映画の撮影風景の中で五歳年下の黒澤明のきびしい演技指導を素直に受け入れて何回も何回もテストを繰り返し、喘息の持病をお持ちながら激しい風雨の中で体当たりの演技をされているのを見ると、涙ぐましさと共に深い敬意を払わずにはいられない。私は昭和九年ごろ、大阪での築地小劇場公演で、ジュール・ルナール原作の「にんじん」の、赤毛の少年の主役を演じられた村瀬幸子さんを見ている。父親のルピック氏を演じたのはたしか友田恭助であったと思う。同じころジュリアン・デュヴィヴィエ監督のフランス映画「にんじん」が上映され、ロベール・リナンという子役の名演技が観客の涙をさそっていた。昭和の初期から太平洋戦争開始の頃までは映画、とくにヨーロッパ映画の全盛時代であった。そして終戦から昭和三十五年ごろまでは日本映画の黄金期であった。昭和文化の多くの果実がそこには見られた。物質的には豊かではなかったが、美しいものを見た時の人間の幸せを感じることが出来た。

「八月の狂詩曲」で原爆を描いたことに対して外国人記者らが、あなたは真珠湾攻撃や南京虐殺を描かないのかと黒澤明にあてこすりめいた質問をしたという。黒澤明は何かの時に、もし日本が先に原爆を発明していたら日本もそれを使っていただろうという意味のことを言っている。映画の中のおばあちゃんのせりふにあったように、結局は戦争が悪いのである。

戦争末期、日本でもマッチ箱位の爆弾で戦艦がやっつけられる、殺人光線ももうすぐ出来るなどというウわさがあった。宮島鎮治という人からそんなことを聞いたことがあった。満鉄から出向した参謀本部嘱託で、戦後も一時期政界の黒幕のような存在であった人である。原爆や殺人光線などはドイツや日本でも理論的には作れる段階にあったのかも知れない。ドイツはV1号やV2号のようなロケット爆弾をすでに実戦で使っていたので、原爆があったらドイツはそれをロンドンあたりに打ち込んでいたかも知れないのである。湾岸戦争でのハイテク兵器のものすごさは我々をおどろかした。ソ連軍がアフガニスタンから撤兵させられたのも、アフガンゲリラに渡されたアメリカ兵器が威力を発揮したためと思われる。そしてアメリカの兵器には日本の優れたハイテク技術も取り入れられているという。いずれにしても科学の発達が人類の危機をまねいているのである。雲仙の爆発であれ関東大震災であれ、自然の脅威の方がまだましかも知れない。人間にとってもっともおそろしいものは人間なのである。

（平成三年六月十二日）

十二　歴史に何を学ぶか

出雲市長の岩国哲人さんが鹿児島のＭＢＣフォーラムでされた講演はテレビで中継され、「随筆かごしま」七十号誌上でもほとんど全部が紹介された。その中で岩国さんは、日本人は世界史を学べと話され、六年前は日本の高校生の八十八％が世界史を勉強していたのに、今では東京の高校生は八十％だが、全国平均では五十二％、中でも鹿児島ではわずか四十％、全国では尻から三番目の低さだと言われた。かつてはもっとも早く世界情勢にめざめていたという史と景の国薩摩で世界史の勉強をする高校生が少ないというのは残念なことである。岩国さんは、世界史、日本史を勉強していない人は市の職員募集に応募させないと話しておられるが、当然のことであろう。司馬遷は「史記」の中で「往事を述べて来者を思う」と書いているが、歴史や伝統を知らぬ人に未来を計画する行政者はつとまらない。

永井荷風は、敗戦の年の十二月に書いた「冬日の窓」の中で「歴史なく芸術なき民族の世は虚無である。史乗（歴史書）なければ過去は暗夜に等しく芸術がなかったら現実も刻々に消えて行く影に過ぎない」と書いている。敗戦によって世態人情がアメリカ化していくのは仕方がないが「われわれの子孫が再び古き日本を追想すべき時も来ずには居まい」と荷風は書き、戦禍によって「民族文化の宝物たるべき書物を失った」が、「心あるものには却て一層の精力を奮起させる基《もとい》になるであろう。……半世紀のむかしとなった明治の世を語るのも、また敗戦の今日を記録に留めるのも、われわれ現代人の為すべき任務の一つでない事はあるまい」と荷風は考える。荷風がこの文章を書いてからすでに半世紀近く、明治大正はもとより、昭和時代六十年間の歴史も深く考え直すべき時に来ている。敗戦が私たち日本人の歴史教育を奪ってからすでに久しいのである。

私たちは戦時中皇国史観を押しつけられていた。戦後は唯物史観の流行である。歴史の真実とは果たして何であろうか。フランスの大詩人ポール・ヴァレリーは

「歴史について」という文章の中で「歴史は知性の化学が作製したもっとも危険な産物である」と書いている。彼が一番おそれるのは「歴史の悪用」である。「現代の考察」の中で彼は、政策が歴史によって影響されることがなかったら歴史の技術を味わい楽しんでもいいが、多少は常に虚構的な、多少は常に事件後に構成される「過去」が現在そのものに比すべき優勢さをもって未来の上に支配力をもつことに警告を発している。第一次大戦中、ジャンヌ・ダルクやナポレオンなどフランスの過去の多くの英雄や愛国者たちが総動員され戦意の昂揚に役立った。そのような場合はまだいい。しかしかつての日本のように自国の神話や歴史が軍国主義や他国への侵略戦争などに利用されるのは「歴史の悪用」である。大陸進出政策には西郷隆盛のような人たちまで利用された。ヒトラーはアレクサンダー大王やシーザーにあこがれて第三帝国の建設を夢見、そのヒトラーにかぶれてサダム・フセインは中近東の覇者たらんとした。あやまった歴史観がとんでもない時代錯誤的誇大妄想狂を生む例であろう。スターリンはエイゼンシュテインに「イワン雷帝」の映画を作らせたが、スターリンは征服王イワンに自分を重ね合わせたかったのである。

一昨年ごろ私は、日中戦争のきっかけとなった蘆溝橋の一発の銃声が、日本軍や蒋介石軍の兵士によるものでなく、中共軍（当時の第八路軍）の兵士によるものだったという記述を読みおどろかされた。今手許にはないが、中村粲氏の「大東亜戦争への道」（展転社）には得意気にそのことを告白している兵士の名前も書いてある。日中戦争が日本軍と国民政府軍とを相戦わせるために第八路軍が仕組んだ謀略であったとすれば、当時の日支両軍ともうまうまと中共軍のわなに落ちたことになる。毛沢東による中国全土制覇の大功労者はその第八路軍の兵士であったろう。彼も得意気にそう告白していたという。征韓論以後明治十年までの歴史には判らぬ面が多いが、西南戦争の最初の一発は官軍側から発砲され薩軍は止むなくこれに応戦したとなっている。真実だろうか。

「現代」九月号に発明王エジソンと東郷元帥の並立写真が掲載されている。二人とも一八四七年生まれだが、二人が同じ場所に立っているこの写真の信憑性にはやや疑問が残ると「現代」誌は書いている。しかし私はこの写真は本物だろうと思う。東郷元帥が乃木大将とともに英国皇帝の戴冠式に参列のため渡英したのは明治四十四年三月である。その帰りに東郷はアメリカに渡り大歓迎を受けた。東郷も乃木も当時世界的な英雄であったが、特に東郷は東洋のネルソンと呼ばれ、海軍国英米では熱狂的に迎えられた。東郷がエジソン宅で記念写真をとったとすればその時のことであろう。ニューヨークでは高層ビルの窓々から歓迎の紙ふぶきが舞い、新聞は各紙とも全段トップ記事で東郷の訪米を書き立てた。その記者会見の席上で「あなたは世界の英雄だが将来日米間に戦争が起こったら、どうなさいますか」という質問が飛んだ時、かねて無口の東郷が即座に「すぐ逃げ出します」と英語で答えたので爆笑の渦になったという。若いころ英国で学んだ東郷にはアメリカの国力の強大さもすぐ見抜けたし、「すぐ逃げ出す」と答えることによってアメリカ人の優越感をくすぐることともなったのである。東郷がアメリカの海軍兵学校を訪問した時、出迎えた生徒の中に、のちに太平洋艦隊司令長官となったチェスター・ニミッツ元帥がいた。彼は自分の前を通った東郷を見て感激し、いつか東郷のような偉大な提督になりたいと思ったと自伝に記しているという。自分がマリアナ海戦でオザワの日本艦隊を破ったのは東郷のバルチック艦隊撃破の戦法に学んだのだとニミッツは書いているという。東郷が晩年加藤寛治大将に「アメリカと、ことを起こしちゃいかん。できれば不戦条約でも結ぶんだなあ」と遺言したのは事実であったろう。

「現代」誌は東郷・エジソン記念写真の解説に「日本がロシアとの戦いに勝てた裏には帝政ロシア国内での革命の動きがあったことを忘れてはいけない」と書き、そのことにふれずに東郷さんをむやみにもちあげるのは困ったものだと論ずる。しかし日露戦争開始当時、帝政ロシア軍の戦力も士気も決して低くなかった。旅順での日本軍の苦戦はそのことを示している。緒戦に勝てばロシアは日本本土すら占領することが出来たかもしれない。「東郷がバルチック艦隊を完膚なきまでに撃破しなかったら、いまごろきみたちは生きていないんだよ……日露戦争は日本の侵略戦争だったのか。トルコやフィンランドに聞いてみろ」と「諸君」九月号冒頭のコラム子はたんかを切っている。東郷の教科書登場に疑問を投げかけた、ある新聞の社説に対する反論である。

フィンランドには東郷元帥の肖像をラベルに使った「アミラリ」（提督という意味）というビールが昔からあり、私も一年間に二、三本は飲む。トルコでは自分の子供にトーゴーとかノギとかいう名前をつけた人が多くいたという。当時帝政ロシアの帝国主義的侵略に苦しめられていた諸国は日本という有色人種の小国が白色人種の大国を破ったことにおどろき、歓喜の声を挙げた。一方白色人種の欧米列強の間には黄禍論がまき起こった。その日本が第二次大戦で破れた時スターリンは「これで日露戦争の仇を討った」と叫んだと伝えられた。歴史を学ぶことは過去の怨念をかき起こすことではないが、過去の失敗やあやまちに過度に卑屈となって民族の誇りまで失うことは愚かしい。いかに強大な国であってもいつかは衰亡することがあり得ることを歴史は教えている。日露戦争当時、明石大佐といったような人たちが、莫大な機密費を使ってレーニンなどの革命分子を援助したことは確かであり、ロシア軍の敗北が続くことによって革命機運がもり上がりつつあったことは事実であろう。そして十数年後第一次大戦の敗北がロシア革命を成功させた。その意味では東郷のバルチック艦隊撃滅が帝政ロシアの衰亡を早めるきっかけとなったということが言えるかも知れない。

日露戦争はよく紀元前五世紀の初頭、大国ペルシアの侵略を小国ギリシアが破ったペルシア戦役に喩えられる。戦役は一次、二次、三次とのべ十二年間続いたが、第三次の時のサラミス海戦でアテネ海軍がペルシア海軍を撃破してアテネの勝利を決定的にしたことが日本海海戦と比べられる。陸ではオリンピック競技のマラソンの起源となったマラトンでのアテネ陸軍の勝利が有名である。この戦役のあとアテネがギリシアの実権を握り、ギリシア文明全盛の基《もとい》をなした。日本も日露戦争後軍事大国となったが、皇軍不敗の思い上がりが昭和の悲劇をまねいた。大正以来日本の指導者たちの質的低下の傾向は今もとどまる所を知らない。亡国のきざしありと言いたい。

歴史上黄禍論が言われ始めたのはジンギスカンの蒙古軍がモスコウ近くまで侵略した時であった。そして日清戦争末期ドイツ皇帝ウィルヘルム二世が有名な「黄禍の悪夢」を見てロシア皇帝ニコライ二世にそのことを書き送った時から黄禍論はヨーロッパじゅうの評判になった。日露戦争での日本の勝利がそれをさらに欧米中に広げた。それ以来、近代化した日本がもし中国と同盟したらどうなるか、という危惧が起こり、あらゆる手段を用いて日中の離間を計り、出来得れば日中両国をいつも戦わせておくことが欧米の利益であるとの考えを生んだ。明治から昭和にかけての日中両国の不幸な争いの歴史がそのことを考えさせる。

最近、フランスのクレッソン首相が、「アメリカは原爆を日本に落としたことを悔いる必要はない」といったようなことを話したと伝えられた。第二次大戦の時に原爆で日本人を皆殺しにしておいた方が良かったのだ、と暴言を吐いたアメリカ人のことも何年か前に報じられた。日本はかつては軍事力で、今は経済力で世界を侵略しつつあると思っているのであろう。そうでなくても日本軍のおかげで欧米諸国はアジアにおける植民地のすべてを失っている。残っているのは自由貿易港の香港とポルトガル領のマカオだけである。第二次大戦中ポルトガルは日本に宣戦を布告していない。その賢明さ（？）がマカオを救ったのである。

日本人は南京虐殺で三十万人殺したのだから原爆で何十万人殺されても文句はいえないのだという論理がどうも欧米人の心の奥底にあるようである。黒澤明の

「八月の狂想曲」が原爆投下に抗議していることに対してアメリカ人記者は黒澤に、あなたは南京虐殺や真珠湾攻撃をなぜ映画化しないのかとかみついている。昭和十二年の南京陥落当時には三十万人虐殺などという数字は出されなかった。三十万人という数字にはまだ謎が残されている。

新聞記者であった私の兄は日中戦争の初期徐州作戦に従軍したが、日本の兵士が休息している場所に籠を下げて物売りを装った老婆や子供が近づいて来て、籠の中から手榴弾を取り出して投げたりしたという。こういうゲリラのことを便衣隊と言ったが、中国人民の戦意はそれほど盛んだったのであろう。そのことが日本軍の損害も増やし中国民衆の犠牲も莫大なものにした。戦争は愚かで残酷なものである。日中戦争以前、日本商品の無計画な大陸進出が中国経済を圧迫し、日貨排斥、日本品不買などの運動があったことも思い出す。それがやがて激しい排日反日運動となって燃え上がった。今、日本商品が世界各国に氾濫していることを思えば、クレッソン女史のヒステリーが理解できないこともない。

明治から昭和にかけての日中間の不幸な歴史については日本人の深い反省が必

要である。そして過去の同じあやまちを繰り返さないことが何よりも大切である。しかし歴史的事実は公正な眼で見つめ直す必要がある。ヴァレリーが言う「歴史の悪用」を何よりもおそれなければならない。過去の何が真実であったのか、その冷静な史眼こそ私たちに求められているものであろう。（平成三年八月三十日）

（注）ヴァレリー全集（筑摩書房）、拙著「鹿児島ふるさと歴史散歩」「失われた楽園―ロチ、モラエス、ハーンと日本」（葦書房）、「日露戦争全史」（デニス・ウォーナー著、時事通信社、昭和五十三年）他参照

十三　青春について

青春―いつごろから使い始めた言葉か判らないが、美しい日本語である。試みに和仏辞典を引くと、フランス語では青春のことを「フルール・ド・ラ・ジュネス」（若さの花）とか「プランタン・ド・ラ・ヴィー」（人生の春）などと言う。とても「青春」という言葉の強く美しいひびきには及ばない。

私が中学校に入った昭和二年の七月に岩波文庫が創刊された。その発刊の辞に、ドイツのレクラム文庫に範を取り、刊行開始までに十数年間の研究審議を要した、と書いてある。また古今東西の古典的価値ある名著を、携帯便にして価格の低い形式で永久継続して提供するのを目的としたというのである。成功するかどうか多くの不安があったというが、その後六十年以上岩波文庫は多くの読書人をよろこばせ、日本文化に大きな貢献をして来た。当時の青少年たちは新刊発売の度に胸をときめかせていた。その後戦場に赴く学徒兵たちのポケットにも文庫本はしのばせられていたという。私など海水浴に行くと言ってもらう二十銭の電車賃を、新照院町から鴨池まで往復歩いては浮かせ、文庫本を買ったりした。岩波文庫のひとつ星が二十銭のころであった。

岩波文庫発刊と同じころ、新潮社の「世界文学全集」や改造社の「日本文学全集」も刊行された。定価が一円均一であったことから円本時代と言われた。東京市内どこでも一円で行けるという円タクが出現したのもそのころであった。大学卒業者の初任給が六十円位の時代である。朝日新聞社から昭和五十六年に発行された「値段の明治大正昭和風俗史」という本によれば、昭和二年、慶應大学の授業料は一年間百四十円であったという。その年から昭和十二年ごろまでの物価を見るとアンパン一ケ、豆腐一丁が五銭、煙草のゴールデン・バットが七銭（昭和十一年から八銭）、そば一杯やカレーライスが十銭、おしる粉十五銭、日本酒並等が一・八リットル九十八銭、ビール一本四十一銭、理髪料五十銭、牛肉百グラム四十銭、白米十キロで二円三十銭、新聞代九十銭、家賃が普通十二円、自転車一台が四十五―七十円位とこれは少し高く、ダイヤモンド一カラット四百円、そして総理大臣の月給が八百円であった。

中学を卒業して大阪の学校に入るころには私の岩波文庫は百冊以上になっていたと思う。大阪には日本橋に天牛書店という有名な古本屋があって、創業者は先ごろ高齢で亡くなられたが、現在関西方面で活躍している名士の多くが学生時代この古本屋にいろいろ御世話になっているという。ここだけではなく当時の古本屋では岩波文庫ならいつでも現金に代えられた。定価の四分の一が買値、定価の二分の一が大体の売値であった。文庫本数冊を金に代えると、封切映画館の五十銭の入場券が買え、二番館に行くと早朝興行なら十銭で二本立ての映画が見られた。煙草銭や酒代までは持てない貧乏学生にとって、岩波文庫や外国映画は何よりも貴い心の糧であった。青春時代、時間だけはあり余るほどたくさんあった。夜明かし同然で文学や映画のことを語り明かしても翌日は学校に行けるだけの体力もあった。そのころの青春の友が東京にいて、今でも文通が続いている。「旧友をつくることは不可能だ」「真の贅沢《ぜいたく》というのはただ一つしかない、それは人間関係の贅沢だ」というのは「星の王子さま」の作者サン・テグジュペリーの言葉だが青春時代の友ほどありがたいものはない。東京にいるその友はその当時数百冊の岩波文庫をもっていて、彼の家に泊まるたびに今彼が何を読んでいるか、その書棚を見ることがたのしみであった。

宮沢りえという十八歳の女優のヌード写真集が大変な売れ行きだと評判になっている。そのこと自体をかれこれ言う気持ちはない。しかし女性の肉体の美しさは、古来偉大な画家たちが数多く描いている。宮沢りえのヌード写真はそれらの名画に描かれた女性たちの美しさをこえることは出来ないであろう。私は彼女の青春の輝きを、写真ではなく、絵画の上で描きとめてくれる人がいたら、彼女のためにはもっと良かったろうと思う。写真芸術には明らかにひとつの限界がある。ましてやその写真集で何億という莫大な金が彼女の所に集まるとしたら、それは商業主義万能時代のゆがんだ世相の現れとしか思えない。現在では何億円も何十億円もするルノアールの裸体画も、描かれた当時は本当に安かったのであろう。

ソ連の宇宙船に乗って高い所から地球を見てこられた秋山豊寛氏が、湾岸戦争のあと、報道に於いて、テレビはついに新聞を抜いた、といったようなことを話していた。果たしてそうであろうかと思う。なるほど湾岸戦争の時のテレビの画面には衝撃的なものがあった。宇宙船から見た地球の影像も珍しいものであった。しかしテレビが、その即時性や具体性のゆえに、時代や人間の真実を伝え切っているとは思えない。爆撃自体のものすごさは画面から伝わるが、その爆撃士たちの心理や、爆撃にさらされている数千数万の人たちの恐怖や、悲惨な死の状況はテレビ画面では表現出来ない。私は東京と鹿児島と二回空襲の恐怖を経験しているが、湾岸戦争でのイラク兵士らの恐怖はさらにもっと深刻なものであったろう。イラク兵士がクウェート人民に加えた暴虐もテレビでは如実に報道されていない。と言って、当時の新聞報道員たちが血のしたたるような迫力あるルポルタージュを書いていたようにも思えない。ソ連のクーデターの状況もテレビの画面で見る限り、ソ連の人たちの人間的苦悩や複雑な心理状況までは刻明に描かれていない。あるソ連人記者のルポには、殺された三人の若者たちのことなど名前入りでリアルに描写したものがあったが、事件の本質やその複雑な経過を知るには、私たちはやはり優れた記者たちの文章に期待せずにはいられない。新聞がテレビに負けている面も否定出来ないが、それでも私は新聞の未来に賭ける。但しそれには偉大な文筆家の出現を待たねばならない。

最近トルストイの「セヴァストポリ」を再読した。最初に読んだのは十五、六歳のころである。トルストイは一八五四年、二十六歳の時、砲兵少尉として露土戦争の激戦地セヴァストポリの籠城戦に従軍し、その体験を小説に書いた。この作品はその二年前に書いた「コザック」と共にトルストイの初期の傑作、そして後年の大作「戦争と平和」を予感させる作品である。トルストイの天才をもってしても戦争体験なくして「戦争と平和」は書けなかったであろう。「セヴァストポリ」の中でトルストイは数十人の士官や兵士らを登場させ、彼らを通して戦争の悲惨さを訴えている。戦争そのものは第二次大戦ほどの大戦争ではなく、英仏軍対ロシア軍の要塞攻防戦という局地戦であるが、トルストイの筆は、戦争というものの本質と悲惨な実態を、それこそテレビカメラ何十台も及ばぬリアルさで描いている。殊に人間の心の内奥に迫るという点で偉大な作家の筆にテレビカメラは及ばない。ルノアールの裸体画を宮沢りえのヌード写真は抜くことは出来ない。

サン・テグジュペリーは作家であり、同時にパイロットであった。パイロットの体験なくして「夜間飛行」「人間の土地」「戦う操縦士」そして「星の王子さま」は生まれなかったであろう。彼は高い空から地上を見、そこから多くの思想を育て、美しい言葉を次々と産み出した。孤独な航空機の上でこそ、地上の人間たちに対する泣きたいほどの愛情を感ずることが出来た。農夫が鋤を使って心を耕すように、彼は航空機で人間の心を耕した。ドイツ降伏の数日前に彼は偵察機で飛行中行方不明になるが、彼が幾度かの死の危険の中で書いた航空文学は哲学の高さに達している。第二次大戦開始の前に書いた「人間の土地」の中で、サン・テグジュペリーは「僕らは一個の遊星のうえに住んでいる」と書き、「なぜ憎み合うのか？　僕らは同じ地球によって運ばれる連帯責任者だ、同じ船の乗組員だ。新しい綜合を生み出すために、各種の文化が対立することはいい事かも知れないが、これがお互いに憎み合うにいたっては言語道断だ」と人類の平和に対するメッセージを送っている。近年ガガーリン、オルドリンなど多くの宇宙飛行士たちが、サン・テグジュペリーよりもっと高い空から地球を見下ろしてきたが、「人間の土地」をしのぐ文学は彼らの体験からは生まれていない。第二次大戦以後の多くの戦争体験者からまだトルストイは生まれていない。秋山豊寛氏のテレビ優位論など全く幼稚と言わざるを得ない。

サン・テグジュペリーがパイロットでありながら同時にどうして優れた文学者、思想家であり得たのか、それはフランス人全般にわたって文学的素養が高いからと思わざるを得ない。青春時代私はよく先生に「古典を読め」と言われた。聖書とギリシア神話を読まずしてヨーロッパ文明は理解出来ないとも言われた。恥ずかしながら私は先生の期待に反いている。フランスでは子供時代からモリエールやラシーヌなどの古典劇や有名な詩人たちの詩句を暗記させられるという。日本でも昔は三、四歳ごろから漢書の素読をやかましく言われていたが、それはフランス人が早くからラテン語を学ばされることと似ているであろう。つい先ほどフランス映画の「シラノ・ド・ベルジュラック」を見て感激したが、エドモン・ロスタンのこの名作は一九〇一年ごろに書かれてからフランスではすでに一万回以上上演されているという。フランス人は美しいフランス語を話したり正確なフランス語を書いたり出来て初めてフランス人なのである。ナポレオンは非常な読書家であったが、彼やド・ゴール大統領などのように、作家でない軍人か政治家なのに名文家という人がフランスには多いような気がする。

現在フランスでも若者の活字離れが嘆かれているという。近ごろ私もあまり本を読まない。日本語の知識がどんどん貧しくなっても当然であろう。岩波文庫をいつもポケットに入れていて、啄木の歌や藤村の詩などを城山の木蔭や校庭の草むらの上などで声高らかに朗読していた青春のころがなつかしい。読書はいくつになっても楽しいものだが、青春時代にぜひ読んでおくべき本もあるであろう。夫婦の心理を細かく描いて「夫婦の作家」といわれるシャルドンヌに、恋をするにはその前にそれなりの教養か知識が必要だというような言葉があったと思う。泳ぎを知らずに海に飛び込むのは無暴である。人生の荒波に漕ぎ出す前に、少しでも社会や人間を学んでおいて損にはならない。そのためには文学が一番よい。

スタンダールは「赤と黒」の中で、レナール夫人は恋愛小説など読んだことがなかったので、というたった一行で、ジュリアン・ソレルという野心的な青年に誘惑される無垢で世間知らずな人妻の心をずばりと表現している。当時のフランスではどんな田舎にも貸本屋があったという。スタンダールは一八三二年に書いた『赤と黒』について」という文章の中で「フランスで地方女性が没頭すること、それは小説を読むことです」と書いている。フランス革命やナポレオン戦争のあと、ルイ十八世治下の重苦しい政治情勢の中で、人々は丁度敗戦後の日本人のように、貸本屋の手軽な通俗小説や時代小説などに夢中になっていた。「地方の女性で月に五、六冊読まない者はほとんどいない。多くの者は、十五冊から二十冊も読む。だから貸本屋が二、三軒ない小都会はない。そこでは一冊につき一日一スーで小説を貸す」とスタンダールは書いている。スタンダールの小説のような、時代に先駆したものこそ売れなかったが、読書ブームは教育の普及や印刷術の進歩とともに次第に広まりつつあった。レナール夫人はそのころの安っぽい恋愛小説に毒されていなかったればこそ高貴な無報償の恋が出来たのだとスタンダールは書きたかったのであろう。レナール夫人の恋は恋に対する無知のゆえに悲劇として終わったが、読書に熱中する社会現象の中から、やがて「小説の世紀」と言われる十九世紀フランス文学の華が開くのである。これは英国でも同じであった。さて日本文化の未来はどうであろう。テレビ万能では文化は衰退する。人々が青春時代に本を読まなければ、日本文化に未来はないのかも知れない。

（平成三年十一月十七日）

十四　日英佛読書事情

一八三二年、スタンダールが「『赤と黒』について」という文章の中で、当時のフランスの地方の女性が月に五、六冊、多くの者は、十五冊から二十冊も小説を読む、だから貸本屋が二、三軒ない小都会はない、と書いていることを前回紹介した。日本でも敗戦後から昭和四十年代ごろまで貸本屋の全盛期で、全国に三万ないし五万の店があった。多くの流行作家、殊に手塚治虫など漫画家のほとんどが貸本屋向け出版によって収入を助けられたと言っていい。公共図書館と貸本屋は出版業を支えるひとつの基盤となっていた。

図書館や貸本屋が一番発達しているのはイギリスで、イギリス人は本当に必要な本は買うが、その他は図書館や貸本屋を利用することが多く、イギリスの本の製本がしっかりしているのは図書館や貸本屋で何百人の人に読まれても傷《いた》まないようになっているのだ、と何かで読んだことがある。

一九四五年に作られたディヴィッド・リーンの代表作「逢びき」というイギリス映画には貸本屋が出てくる。田舎に住む中産家庭のローラが、週一回、近くの都市に買物に出掛ける。買物のついでに貸本屋に寄って頼んでおいた新刊書を借りたり、食事をしたり映画を見たりする平凡な生活の中で、妻子ある医師と出会い、実らぬ恋に苦しむ、という筋で、ラフマニノフの「ピアノ協奏曲第二番」の美しい曲が全篇を彩っている。近年大評判になったロバート・デ・ニーロ主演の「恋におちて」はこの「逢びき」の再映画化で、もともとはノエル・カワードの舞台劇が原作なのである。「逢びき」に出てくる貸本屋は、大きな百貨店の日常品売場などと同じフロアに作られたかなり大きな店であった。

同じころ、あるフランス映画に出てきた田舎の貸本屋は、洋裁店の一隅に本棚を並べただけのもので、本の表紙は緑色で統一されていた。フランスの本は仮綴《かりとじ》が多いので、蔵書家などは自分なりに統一した製本をし直すことが多いらしいのである。

ディケンズの研究で有名な小池滋氏の「島国の世紀」には、十九世紀イギリスの貸本事情がくわしく書かれている。「貸本屋といっても、場末にある安っぽいマンガ本のそれを考えてはいけない。一七四〇年ロンドンに生まれたというイギリスの貸本屋は、中産階級より上のほとんどの家庭の、特に女性読者が文学に近づく唯一の門戸であった」と小池氏は書いている。

当時は本一冊のコストが高かったので（フランスでも本一冊の値段が大工さんの三日分ぐらいの日当に相当した、と桑原武夫氏も書いているが）金持ちでも読書好きは貸本屋の会員になって、一年一ギニー（一ポンド一シリング）で一時に一冊ずつなら何冊でも読むことが出来た。有名なウオルター・スコットのロマンティックな歴史小説などは貸本屋のドル箱であったという。

ロンドンに貸本屋が出現してから百年目の一八四〇年に、チャールズ・エドワード・ミューディ（一八一八―一八九〇）という二十二歳の青年が、大英博物館やロンドン大学などのある文教地区の中心に小さな貸本屋を開いたが、これが大当たりとなった。何千冊も在庫をもち、会員数は二万五千人を数えたので、評判の本は同じ本を二四〇〇冊も購入せねばならなかった。

現代でもイギリスには二百年以上もの歴史をもち、全国に数百の支店をもつ貸本屋があると、かつて新聞記事で読んだことがあるが、ミューディの成功などで、貸本屋が出版界の動向を左右するほどであったというのも事実であったろう。

やがて高速印刷機などが出現すると、出版界はますます活況を呈し、ディケンズなどのベストセラー作家も出現するようになり、イギリス文学の黄金期が出現する。小池氏はこれを文学産業革命と名づけているが、ミューディなどの貸本屋が出版業隆盛の火つけ役になったことは、終戦後の日本の状況とも少し似通っている。

現在日本には公共図書館が五万以上あると言われる。各図書館の図書購入予算を何倍もふやせば出版社は安心して良心的な本を出版することが出来るであろう。五千部以上売れれば出版の採算が取れるはずである。私たちは出版文化を高めるためには、もっと図書館の拡充につとめねばならない。「アエラ」の二月四日号に「本を殺す図書館」という特集記事がのっている。大学の附属図書館などで、雨もりをしている所などがあり、本の陳列も出来ず、蔵書を封印してしまいこむ所もあるという。

この記事に登場された鹿児島大学の原口泉助教授も、大学の附属図書館はすでにパンク状態で、新しい本の受取りを拒否する現状であり、また図書館の図書購入予算は年間二千三百万円で、専門書の購入費は二百四十万円しかないと話しておられる。原口研究室の本の山は、ほとんど全部、原口先生の私物であるという。学術の中心となるべき大学図書館すらこの現状では日本文化の前途は暗いと言わざるを得ない。現在、日本では一年間に五千種類以上の新刊書が出版されていると思われるが、個人が私費で買える本は限られている、あとは充実した公共図書館と、巷にあふれる貸本屋があれば、私たち読書人はどれほど助かるか判らない。

森鴎外は終生勉学を怠らなかった人であった。永井荷風は鴎外を師としているが、鴎外選集第八巻の解説の中で、鴎外がどれほど勉強したか、「細木香以」という文の初めに鴎外自身が書いていることを次のように引用している。

「わたくしは少年の時、貸本屋の本を耽読した。貸本屋が笈の如くに積み疊《かさ》ねた本を背負って歩く時代の事である」と鴎外は書く。あらゆる読本、人情本などを読んだあと、何かまだないかと問うと貸本屋は随筆類を推薦する。「これを読んで伊勢貞丈《ていじょう》の故実の書等に及べば、大抵貸本文学卒業と云ふことになる。わたくしはこの卒業者になった」

鴎外、荷風、漱石は和漢洋に通じた文学者であった。鴎外はドイツ、荷風はフランス、漱石はイギリスに留学している。幸田露伴は留学の経験はないが、和漢の学識は抜群であった。荷風は、文学者になろうと思えば大学などに入る必要はない。鴎外全集と辞書の言海とを毎日時間をきめて三、四年繰り返して読めばいい、とまで書いている。鴎外と荷風、それに漱石、露伴は日本語を豊かにしてくれた大恩人である。

平成二年九月号の「図書」（岩波書店）に東京都立大学の宮下志朗氏が「夢想の送り手としての貸本屋」という面白い文章を書いておられる。氏自身、小学生のころは近所の貸本屋で「少年画報」や「冒険王」などの月刊漫画雑誌を全部読んだとのことである。借り賃は一冊十円だったような気がするが「日本の貸本屋全盛時代に幸福な少年時代をすごしたことになる」と氏は書いている。

氏はフランス文学者だが、氏によれば十九世紀前半のフランスでは出版業は危機の時代だったという。フランス革命で出版統制のたがゆるみすぎて群小出版社が乱立し過ぎたが、革命後の一八二六年には七十軒の出版社印刷所が倒産したという記録があるとのことである。そこで出版社は大部数を刷るのをやめて、「とりあえず千部そこそこしか刷らずに大半を貸本用に卸した。これをきっかけに貸本屋（Cabinet de lecture）が続々誕生した」というのであるが、これはスタンダールが「『赤と黒』について」という文章で書いたことと符合する。

貸本屋は読書クラブとも訳されているが、朝八時ごろから夜十時くらいまで開いていて、新聞なども安い料金で読めたという。小さい店は六百冊程度しか本がなかったが、コールマルタン街には四万冊の本をもっている「エルアン読書クラブ」という貸本屋もあったという。出版社が経営する貸本屋もあったが、ブームの絶頂期の一八四〇年前後にはパリに二百軒の貸本屋があったが、次第に減少して一九一〇年にはたった三十六店になっていたという。

宮下氏によれば、フローベールの「ボヴァリー夫人」の主人公エンマは貸本屋の常連で「ボヴァリー夫人」は「一人の女の運命を左右する小道具として貸本屋が象徴的な役割を果たす小説ともいえよう」ということになる。「赤と黒」のレナール夫人が恋愛小説を全く読まなかったというのに比べて、エンマはセンチメンタルな恋愛小説に毒され過ぎたのであろう。

終戦の年の四月、鎌倉市に文学者たちによる貸本屋が生まれた。そのくわしい経過は高見順の「敗戦日記」に書かれているが、久米正雄、大佛次郎、里見弴、川端康成、高見順、真杉静枝ら鎌倉在住の作家らが中心で、書籍入手に悩んでいる人々のためにという名目で、それぞれが自分らの蔵書をもちよって鎌倉駅の近くに貸本屋を作ったもので、本当は、執筆の場を失った作家たちが、生計の補助のために作ったものであった。店番は交代でし、売上金は本の供出数によって分配された。作家の蔵書には署名入りのものも多いので、保証金をはらって借り、そのまま返却しないものもあったようである。

「敗戦日記」の六月四日には二十五人の作家たちに対する配当金の明細が書かれ

ている。最高は久米正雄の九百十一円四十四銭で最低の方は小林秀雄の二円八十二銭などとなっており、二位の大佛次郎は六百五十九円、三位の高見順は四百七十二円、川端康成は十二位で百二十九円の配当である。

貸本屋はその後東京の白木屋百貨店の中に進出するほど繁昌したが、終戦後は鎌倉文庫という出版社まで経営して婦人雑誌や総合雑誌などを発行したりした。敗戦前後の苦しい生活の中でも、人々はなんとかして本を読もうとした。どんな本でもよかった。路上に捨てられた新聞にも目が向いた。みんなが活字に飢えていた。情報を知りたがり、心の糧を求めてやまなかった。防空壕の中でさえ本を読もうとした。

「敗戦日記」は昭和二十年の一月一日から十二月三十一日までの貴重な記録となっているが、十二月二十六日の所には鎌倉文庫から創刊された「人間」という雑誌の目次が記載されている。永井荷風、川端康成、高見順ら三十一人の作家たちの文章の中に、終戦を象徴するかのように、ドイツの亡命作家トーマス・マンの「デモクラシーの勝利について」という文章も掲載されている。

沖縄玉砕、東京壊滅後の四月二十九日、高見順は次のようなことを書いている。

「人はなぜ小説を読むのか。

人間の運命を、人間の生き方を、——人間を知ろうという気持ちが、人間をして小説を読ませるのだ」

その四日前の四月二十五日には次のようなことも書いている。

「貸本屋の番頭になることを一向に厭《いと》わない。何になっても、——なり下っても、私は作家だからである。食えないので、やる以上何になろうと平気である。」

昭和という時代は、日本人が、歴史上かつてない苛烈な運命に遭遇した時代であった。多くのあやまちを犯し、多くの苦悩を味わった。戦争を知らぬ世代の人たちが戦争を安っぽく語るのを聞くことは私にとって堪えがたい苦痛である。地獄を見なかった人が何をのん気なことを言っているのだ、という気がしないでもない。

「祖父母に劣れる父母、さらに劣れるわれらを生めり、われ遠からずしてより劣悪なる子孫を儲《もう》けん」

これはギボンが「ローマ帝国衰亡史」の中で引用しているホラティウスの詩句だという。ローマ帝国衰亡の原因が、劣悪化して行く民族の政治経済教育あらゆる面での腐敗堕落にあることを詩人は直観していたのであろう。大正昭和人は明治人に勝《まさ》っていたか、平成人は昭和人に対してどうであるか、平成人が飽食暖衣の生活に浮かれていては、日本の前途は多難であろう。経済大国と言いながら、大学の図書館が雨もりをしている現状では、少なくとも日本文化の前途は暗い。

（平成四年二月十八日）

（注）「島国の世紀」（小池滋著、文藝春秋社、昭和六十二年）
「敗戦日記」（高見順著、文春文庫、昭和五十六年）
「図書」（岩波書店、平成二年九月号）
岩波版荷風全集第十五巻
人文書院版スタンダール全集第一巻
その他

十五　愛の手紙について

リストが人々に愛を説き始めたころ、地球の人口は二億人ぐらいだったろうという説がある。産めよふやせよとか、人はパンのみにて生きるものにあらずとかいう言葉も、当時は素直に聞けたかも知れない。日本でも戦時中産めよふやせよと政府が宣伝した時代があった。戦争や領土の拡大で人口が足りなくなると思われたのであろう。ところが戦中戦後の長い時期私たち日本人は食糧不足に苦しめられ、敗戦後は一千万人が餓死するだろうと言われた。そのころ配給米だけに固執して栄養失調で死亡したある検事のことが報じられ、当時、法を破った闇米の買い出しをしなければならなかった私たちに、あらためて罪の意識を感じさせた。

陳舜臣氏によれば、「漢書《かんじょ》」の「地理志」に記された西暦二年ごろの支那の人口は五千九百五十九万余であったという。それが二百年後、三国志の時代になると、うち続く戦乱のため、人口は八百万そこそこに激減していた。諸葛孔明のような大戦略家でも兵員不足だけはどうすることも出来なかったであろう。戦乱で飢饉になると捕虜を殺して人肉を食うこともあったようである。その中国大陸に今は人口爆発が起こり、ひとりっ子運動がすすめられている。毛沢東が政権を握った昭和二十二年ごろには五億四千万人だった人口が、四十二年後には十一億二千万人と倍増したのである。同じ時期日本でも人口は七千万人から一億二千万人ぐらいに増加している。キリスト時代二億だった地球の人口が今や六十億に達しようとしているのである。

渡辺外喜三郎氏が四十年間以上独力で刊行されている「カンナ」の百三十一号の目次うらに、中勘助の「街路樹」から四つの言葉が引用されている。そのひとつは「愛が、慈悲が、水のように多くわければわけるほど少なくなるものならば、基督や佛陀のそれほど頼りないものはないであろう。」もうひとつは「人びとの私に対する愛、私はそれを忘れないであろう。私の人びとに対する愛、私はそれをかへないであらう」という言葉である。愛についてこれほど美しい言葉はない。

世界の人口が二億から六十億にふえてもキリストの愛の教えは変わらないであろう。ザビエルがはじめてキリスト教を伝えてから十数年間で、日本のキリスト教徒は十五万人以上に達していたという。当時の日本の人口が二千五百万人であったことを思えば、十五万人はおどろくべき数字である。やがて来た迫害の嵐の中でも信仰に殉ずる人々は絶えなかった。キリストの愛の教えはそれほど強烈に日本人の心を捉えたのである。

昭和六年の満州事変、昭和十二年以後の戦争の時期ほど私たち日本人が生や死や愛について多く考えさせられたことはない。そしてその戦争の時代ほど日本人が数多く手紙を書いた時代はない。戦地と内地の間を数え切れないほどの手紙が行き交い、その多くに「愛」の思いがこめられていたであろう。死を覚悟しての出撃を前にして書かれた、兵士たちの最後の手紙ほど胸打たれるものはない。遠い距離をへだてて多くの人々が手紙でしか心を通じ合わせることの出来なかった時代であった。心ない検閲のきびしい目をくぐってのことであっただけにより一層切ない気持ちは高まっていたであろう。戦時中に書かれた多くの手紙を集めれば、私たちはそこに日本の庶民の心を知る大きな手がかりをつかめるかも知れない。

トルストイは八十三年の生涯に八千通以上の手紙を書いたと言われている。その大半が彼に教えと救いを求める世界中の人々からの手紙に対する返事の手紙であった。バルザックも彼の全作品以上に多い量の手紙を書いたと言われるが、彼の場合は借金申し込みの手紙も多かったという。手紙を書きながら、これが原料になったらなあとこぼしたというのは有名な話である。彼には浪費癖があった。

ヴィクトル・ユーゴーは「レ・ミゼラブル」か何かを出版した発行人に対して「売れているか?」の意味をこめて「?」という一字だけの手紙を書いた。返事は「ものすごく売れています!」の意味をこめた「!」一字だけであった。世界中で一番短い手紙と言い伝えられているが、若い恋人同士なら「愛していますか?」の「?」と「ものすごく愛しています!」の「!」だけで心は通じ合うであろう。長電話などよりどれほどあかぬけしているかわからない。

ひと口に文学といっても小説や物語だけが文学ではない。告白体のものも日記体のものもあり書簡だけで文学というものもある。人間はもともと孤独なものなので、人間同士の心と心の結びつきに昔は手紙が多く用いられた。自分の気持ちをどうしたら正確に相手に伝えられるか、そのためには詩歌の心がけももち、文章や書道にもはげまなければならなかった。しかし美辞麗句だけではかえって心は伝わらない。文字通り「文は人なり」であった。文学も大きな意味では結局「私（わたくし）文学」かも知れない。ドストエフスキーやトルストイの文学の中心には確固たる「わたくし」がひそんでいる。そしてその「わたくし」は人間に対する深い愛によって満たされている。

第一次大戦のあと、ドイツではドストエフスキーが広く読まれたという。物心ともにみじめな境遇にいる人々にとって彼の文学は大きな慰めとなったのであろう。最近失脚後はじめてドイツを訪れたゴルバチョフはそこでの講演でドストエフスキーの文学にふれた、という外電があった。彼は蔵書二万冊をもち、トルストイも読むなど、なかなかの文学通だという。ペレストロイカの発想はまず人間愛から始まったと言えるかも判らない。共産党独裁下の長い年月の間、文学はきびしく抑えつけられていた。昨年十一月号の「月刊This is読売」に掲載されたロシア文学者の木村浩氏の文章によれば、スターリン時代ドストエフスキーはほとんど禁じられており、トルストイですら宗教色の強いものは今なおその九十巻に及ぶ全集の中にほとんど収められていないという。ロシア文芸復興の前途はまだきびしいと木村浩氏は書いている。

文学史上書簡文学にどのようなものがあったか浅学な私には判らない。「パルムの僧院」をめぐってのバルザックとスタンダールの往復書簡は有名であるが、これはむしろ文学論としての価値が高い。どのフランス文学史にも出てくるのはド・セヴィニエ侯爵夫人の書簡集である。夫人の名はこの一冊の書簡集によって不滅なものとなっている。大塚幸男氏によれば、十七世紀のフランスでは多くの書簡集が出版されているという。その中で最も有名なものがド・セヴィニエ夫人（一六二六—一六九六）のものであるが、彼女の手紙の主なものは地方に縁づいていた娘ド・グリニャン夫人に与えたもので「これらの手紙は二つの価値を持っている。魂の歴史としての価値と、時代の歴史としての価値である」と大塚氏はいう。夫人は二十五歳ぐらいの若さで未亡人となったが、「愛すべき快活な性格の人で」娘を熱愛していたという。彼女は人生に対して積極的に立ち向かい、娘への手紙の始まりとなった一六七一年から一六九六年までの間に起こった大小の事件を「デリケートな、しばしば絵画的な筆致で、忠実に活写している」という。彼女の手紙文が現代まで文章の模範として残されているのも理由のあることであろう。

最近私は「友ありて——小宮豊隆宛中勘助書簡——」（渡辺外喜三郎著）という御本を著者からいただいた。渡辺氏は早くから中勘助に師事され、昨年（平成三年）完結した「中勘助全集」（岩波書店刊行全十七巻）の編纂委員にも加えられたほど中勘助の研究で知られた人であるが、「友ありて」を特に自費出版しかも非売品として出版されたのは、昭和四十九年小宮豊隆氏の未亡人が、中勘助からの二百通以上に及ぶ手紙を特に渡辺氏に寄託して下さったことに報いるためのものではなかったかと推察する。これらの手紙は中勘助全集の第十五、第十六、第十七の三巻にまとめられた書簡集にも全部収められているが、特に「友ありて」として手紙を年代順に整理し、あちこちに親切丁寧な註釈をつけて別途に本にされたのは、中勘助と小宮豊隆の友情の深さ美しさをあらためてひしひしと強く感じられたためであろう。著者は「友ありて」のまえがきに次にように書いておられる。

「小宮先生と中勘助との友情のふかさにあらためて襟を正すとともに、亡くなられて十年をすぎた小宮先生と中勘助の友情を今もなお大切になさっている恒子夫人の御厚情に心からお礼を申し上げて前書にかえる（昭和五十一年晩秋）」

小宮豊隆と中勘助の友情は、二人が明治三十五年第一高等学校に入学し、翌年から夏目漱石を共通の師として仰いだころに始まり、昭和四十年五月三日中勘助の死まで六十年間以上変わりなく続いた。渡辺氏によれば小宮の死は中の死の翌年であったが、死去した日は奇しくも中の死と同じ五月三日であったという。小宮豊隆はドイツ文学者となったが、中勘助の一番下の妹を嫁にしたかったという。妹の結婚がその前に別の人とすでに決まっていたために小宮の思いは果たせなかったが、そういう事情を知りながら、小宮恒子夫人が中勘助一家と夫ともども親交を続け、夫の死後も中勘助からの多くの書簡を守り続けて来られたことを私も美しいと思う。そして「友ありて」も限りなく美しい本となった。

小宮宛中勘助の手紙は昭和に入ってからのものが特に多いが、二人の友情に胸打たれるとともに、戦前戦中戦後という困難な時代の中で中勘助の文学がどのようにして美しく花開いて行ったかも知ることが出来て文学史的にも興味深い。世俗にうとく、生きることに不器用な面があった中勘助をいろいろな面から支えて行く小宮豊隆の友情の深さは、それと対応する中勘助という稀有な作家の魂の美しさと共に私にはうらやましくさえ感じられる。

夏目漱石も手紙をたくさん書いた人のようである。岩波版全集には、明治二十二年から大正五年までの短い期間に書かれた二二五二通の手紙が全十六巻の全集中の二冊に収められている。そのうち小宮豊隆宛のものは一二一通で、短い期間中の師弟関係としては一番数としては多い。小宮に対する漱石の愛情や信頼の深さとともに小宮という人の人柄の良さもうかがい知ることが出来る。

中勘助に宛てた漱石の手紙は十一通しか残されていない。それもほとんどハガキ程度である。しかし病弱で生活にも難渋している若い弟子に対する漱石のあたたかい気持は十二分に理解出来る。中勘助の処女作でもあり代表作でもある「銀の匙」は正・続とも漱石の推薦によって世に出された。「夏目先生と私」という中勘助の文章は師に対する心のこもった讃辞となっている。「自分は先生の偶像崇拝者になれなかった」が、「唯《ただ》先生は人間嫌いな私にとって最も好きな部類に属する人間の一人だった。そして先生は私の人間にではなく、創作の態度、作物そのものに対して最も同情あり好意ある人の一人であった」師弟の心は強く通じ合っていたのであろう。

中勘助の渡辺外喜三郎氏宛書簡は昭和二十二年の十一月二十四日付のものから昭和四十年死去の年の一月二十一日のものまで百四通の多きに達している。また渡辺美恵子夫人宛のものも三十三通見られる。昭和三十四年六月七日付小宮豊隆宛の手紙の中で中勘助は次のようなことを書いている。

「鹿児島の渡辺氏からアクマキを貰った。君は九州だから知っているだろう。アクで処理してつくったチマキの意味かと思ふ。うまかった」

遠い土地の人からのあたたかい心づかいが中勘助にはよほどうれしかったので

あろう。渡辺、中、そして小宮とつながる心のきずなも美しい。中勘助の言葉通り、人の愛を忘れず、人びとに対する愛もかえないという誠実さがここにもはっきり見られる。

「遠い星」「照明技師」の詩人であった今は亡き福石忍さんが南日本新聞の編集局長時代「鹿児島にも古文書館がほしいですね」と言われたことがあった。どういう気持ちでそう言われたのか判らないが、私はその時スタンダールのことを話した記憶がある。

スタンダールは生前はほとんどみとめられなかった文学者で、バルザックが「パルムの僧院」について好意的な手紙を書いたが、「赤と黒」はバルザックやゲーテには読まれたものの出版当時十冊も売れなかった。彼の死後厖大な草稿は友人によって彼の故郷グルノーブル市の市立図書館にあずけられていたが、カジミール・ストリヤンスキーという、たしかポーランド人系の中学教師がほこりをかぶっていたスタンダールの原稿の中から多くの傑作を発見し、「日記」（一八八八年）「ラミエル」（一八八九年）「アンリ・ブリュラールの生涯」（一八九〇年）

と次々に出版した。そしてスタンダールの死後五十年を記念して一八九二年「エゴチスムの回想」を出版するや世界中に熱狂的なスタンダリアンを生むに至った。「私は五十年のちに理解されるだろう」というスタンダール自身の予言通りであった。彼の草稿は今もなおグルノーブル市立図書館に保管されているという。

今、日本では毎年四百もの文学賞が発表されるという。しかし印刷されない、日記、書簡、回想記、家計簿などの中に貴重なヒューマン・ドキュメントがかくされているかも知れない。そして五十年後にやっと理解される傑作が眠っているかも判らない。福石さんの「古文書館がほしい」という言葉を貴重な遺言として伝えたい。

（平成四年五月十日）

（注）「中国の歴史」第六巻（陳舜臣著、平凡社、一九八一年）
「フランス文学史」（大塚幸男著、白水社、一九六〇年）

十六　知ることの大切さについて

ケネディ大統領暗殺の秘密に迫るオリヴァ・ストーン脚本監督の映画「ＪＦＫ」を見て感動した。自国の恥ともいうべき政界財界などの暗部と真正面から取り組みながら、結果的にはアメリカン・ヒューマニズムを高らかに謳歌するという映画には、かつて、フランク・キャプラの名作「オペラハット」や「スミス都へ行く」があった。前者ではゲイリー・クーパーが、後者ではジェームス・スチュアートが法廷や議会で、そして今度の「ＪＦＫ」ではケヴィン・コスナーが法廷でアメリカン・デモクラシーについての熱のこもった弁舌をくりひろげる。こういう映画が作られ、それが大衆の共感をよぶ所に、アメリカ社会の健全な一面があるのかも知れない。

ケネディは若いころ「勇気ある人々」という本を書いている。自分の信念を貫くためには自分が所属する党や党出身の大統領に向かっても敢然と抵抗し、そのために失脚して歴史の舞台から消えて行ったりした勇気ある八人の政治家たちの伝記である。今、手許にその訳本がないので、その人々の名前を書けないのが残念だが、私たち日本人にとってはほとんど無名の人々である。しかし若き日のケネディが、理想と信念に殉じたその人たちに傾倒し、自分もそうありたいと思っていたとすれば、その点だけでも彼は立派な政治家になり得る資格をもっていたと言えるであろう。党利党略におぼれ、金もうけや立身出世第一主義に走りがちな政治家たちには「勇気ある人々」をぜひ読んでもらいたいものである。

ケネディが暗殺されなければ、世界の歴史、少なくともアメリカの歴史は少し変わっていたかも知れない。ベトナム戦争も、もう少し早く終結していたであろう。なぜ彼が、そしてリンカーンやガンジーのような人たち、日本でも坂本龍馬のような理想と信念に燃えた人たちが暗殺に倒れねばならなかったのか、歴史は多くの謎に満たされている。

志賀直哉を師と仰ぐ阿川弘之氏が「図書」（岩波書店）に「志賀直哉」を連載

中である。その第四十九回（平成三年七月号）に、大東亜戦争開戦当時、多くの作家や詩人たちが聖戦を讃える文章を書いたこと、あるいは書かされたこと、そして志賀直哉も東京日々新聞（現在の毎日新聞）のアンケートに答えて「シンガポール陥落」という短い返答を寄せ、末尾を「謹んで英霊に額《ぬか》づく」という言葉で結んだことを紹介している。志賀直哉はかねてから時局に非協力的な文士として、憲兵隊や特高警察に目をつけられているとの風評があったが、それをおそれての発言ではなく「やはり、一言一句当時の志賀直哉の心懐―そう受け取って差し支えあるまい」と阿川氏は書く。志賀の戦争所感はその後同じく東京日々新聞のアンケートに答えた「天の岩戸開く」という六文字だけで、それ以来彼は二度と戦争についての私見を公表しなかったという。その理由として、当時の重臣鈴木貫太郎の「不思議な言葉」、それは鈴木の長男の妻布美が日本女子大の同窓で古くからの友人であった女流作家の網野菊に伝え、網野がそれを恩師の志賀に話した「父がね、日本は此の戦争に勝っても負けても三等国に下るって、うちでよく言うんですよ」という言葉があげられている。それがちょうどシンガポール占領の直後あたりで、「戦況最もいい時だったから、私は異様に感じた」と志賀は戦後の随筆「鈴木貫太郎」で書いているという。鈴木の言葉を聞いて、それ以来志賀は三年間半、生涯で三度目の沈黙に入った。鈴木の言葉は志賀にとってそれほど衝撃的だったのであろう。

志賀が鈴木貫太郎の名を知ったのは大正の中頃で、「此の次日本が戦争をする場合、東郷さんの位置に座る人は鈴木さん以外に無い」という名ある人の評言を聞いていたという。それ以来志賀は鈴木に注目していたのであろう。

鈴木貫太郎は海軍軍人ののち昭和天皇に侍従長として仕え、陛下の信頼もっとも厚い重臣であった。二・二六事件では君側の奸として青年将校らに狙われたが命をとりとめた。開戦と同時に、鈴木には日本の前途が見えていたのであろう。しかし「勝っても負けても日本は三等国になる」というのはおどろくべき洞察力と言わねばならない。昭和二十年四月鈴木が首相になったのを見て、此の内閣で戦争は終わるだろうと志賀直哉は思ったという。「鈴木さんは、日露の役の東郷さんとは別のかたちで日本を救う人になるのではないかと（志賀は）考えていた」と阿川弘之氏は書いている。終戦についての昭和天皇の聖断を引き出したのは鈴木であったが、それ以後鈴木は歴史の表面に出ることはなかった。モーニングを着た西郷隆盛というあだ名の通り、鈴木は無私無欲の人であったようである。天皇の信頼にどう答え、命をかけて日本の運命をどう救うかが彼の思いのすべてであったのかも知れない。どうせ二・二六ですでに殺されていたかも知れない命である。彼は世界情勢をよく知り、開戦当時の日本の政治家や軍人たちの愚かさや下らなさがよく見えていたのであろう。そして経済大国と言っても、精神文化的に見て日本は今も鈴木の言葉通り三等国なのではあるまいか。

現代は情報の時代と言われ、自由主義国家である日本では多くの言説が横行している。しかしそれだけに一層、どの情報が正しいのか判断する思考力が日本人には求められる。日本は世界各国人の謀略行動が渦巻くスパイ天国とも考えられている。

これも阿川弘之氏が近著「国を思えば腹が立つ」の中で書いていることであるが、ある韓国の記者がワシントンにいる新聞記者の古森義久という人に嘆いて聞かせたという話がある。それによれば、朝鮮半島にはまだどこにもわらぶき屋根の民家が残っているが、ある日本の新聞記者が、韓国側の農村風俗の説明の中で、韓国にはまだ貧しいわらぶき屋根の農家が残っていたと書き、北朝鮮に於けるわらぶき民家については、民族の遺産としてわらぶき屋根の農家を大切に保存している、と書いたという。「そうか、韓国の経済発展は思ったほど進んでいないんだな。それに引きかえ、北朝鮮は文化事業に力を入れてるなかなか立派な国らしいな」という考え方を誘導されているとしたら、由々しきことではないか、と阿川氏は書いている。その人がかけているめがねのレンズの色によって、風景は変わってくる。いろいろな人の言説を読み聞きする時、その説を述べる人が何色のレンズのめがねをかけている人か、ということを疑ってかかる必要があるかも知れない。阿川氏は自著に「一自由人の日本論」という副題をつけているが、マルキストが読めば、阿川氏は右がかった自由主義者と思えるであろう。

終戦の年の冬、私は箱根にいた。そこで、ある若い米軍将校（大尉ぐらいの）から「今度はソ連との戦争だ」という言葉を聞いてびっくりした。やっと平和な時代になったのにと思いながら、その理由を聞くと、彼は「ソ連はグリーディ（貪欲）だから」と答えた。今にして思えば、米ソ冷戦はそのころすでに始まっていたのである。昭和二十三年二月、朝鮮民主主義人民共和国成立、翌二十四年十月には中華人民共和国が誕生した。すべてがスターリンの計画通りであったろう。そして翌二十五年六月二十五日、朝鮮戦争が起こった。スターリンの後押しによる北鮮側の行動開始であったことが、近年フルシチョフなどの証言で言われている。毛沢東はあまりのり気ではなく、むしろ国民政府が逃れた台湾への進攻を考えていたようである。開戦直後の六月末、国民政府は朝鮮への出兵を申し出たが、米軍はこれを拒否した。その段階では中共政府を刺戟したくなかったのであろう。しかし北鮮軍が敗退すると、十月二十六日中共軍数十万が参戦、戦況は一進一退し、毛沢東の息子も戦死するほどの激戦ののち昭和二十六年七月十日にようやく休戦会議が開始されたが、それから四十年南北朝鮮の対立は現在も続いている。

朝鮮戦争が始まった時、私の妻は次女を身ごもっていた。北鮮軍の急進撃によって国連軍が二度も釜山の海に追い落とされそうになった時や、マッカーサーが鴨緑江の北に原爆投下を計画中という風説があった時、私は第三次世界大戦を予想して、娘の出産に多くの不安を覚えた。日本本土が再び戦渦にさらされた時、六歳の息子、二歳の娘、そして身重の妻をかかえてどうしたらいいのか、私は前途について考えあぐねた。北鮮軍の南進急なのに呼応して、国内でも火焔ビンが投げられるなど世情騒然となった。今ではスターリンの世界同時革命の指令ではなかったかという人もいるが、いずれにしても米ソの対立は日本国民の間でも左右の対立抗争をまねいた。朝鮮戦争開戦の翌日、マッカーサーは「アカハタ」に三十日間の停刊指令を、七月十八日には無期限停刊命令を出した。八月十日警察予備隊令が公布された。国内治安、内乱などの不安があると思われたのであろう。

朝鮮戦争は日本に大きな影響を与えたが、そのくわしい全貌は未だによく判らない。北と南の政府が、相反する発表をしているように思われる。日本国内への戦火波及のおそれがなくなった十二月四日、私の次女が生まれた。十二月七日池田蔵相が「貧乏人は麦を食え」と発言して物議をかもしたが、実際は朝鮮戦争特需景気で、日本経済は好況の時期を迎えつつあった。「麦を食え」と言われて日本の貧乏人は怒ったが、そのころ多くのアメリカ人や朝鮮人や中国人が死んだり傷ついたりしていたのである。そして朝鮮半島全域に戦渦はひろがり、多くの人が山野をさまよい歩き、飢えかけていた。

ベトナム戦争では韓国軍も国連軍の一部として参加した。ベトコンの生首を、頭髪をつかんで両手にぶら下げ、得意気に歩いている韓国兵士の写真を見たことがあった。朝鮮戦争の苛烈な戦闘体験をもつ韓国軍（たしかタイガー部隊といった）は反共意識が強く勇敢に戦ったようである。ベトナム戦のあと、韓国軍のある上級将校が、韓国軍の強さを自慢し、日本は二カ月で降伏させることが出来ると豪語したのを読んだことがある。自衛隊を叩きつぶしさえすれば、あとはピストルもライフル銃も射ったことのない日本人ばかりである。それに引きかえ韓国には数百万の兵役経験をもつ予備兵がいるというのである。

昨年、野坂昭如や石堂淑郎といった人たちが、南北統一したのちの朝鮮は日本の脅威になり得るというようなことを言ったことがある。南北両政府とも反日教育を行い、韓国では日本語で歌謡曲を歌うことも禁じられ、日本車は一台も走っていないという。最近刊の「現代」七月号にプリンストン大学客員研究員の趙蔚という人が「鄧小平最後の暗闘」という文章を書き、その中で「日中両国間には百年来の歴史的な怨念がくすぶり続けている」と述べているが日本に対する怨念は朝鮮半島の人々の胸にはもっと激しくくすぶっているであろう。中国大陸や朝鮮半島の人々と、どのように深く理解し合えるかが日本の未来を左右する。

「隣国の存在は絶えざる内乱に対して国家の有する唯一の防禦である」というのはフランスの詩人ポール・ヴァレリーの言葉である。内乱をさけ、国内の団結をはかるために、隣国を仮想敵国として国民の敵愾心を煽り立てようとするのは政治家、特に独裁者がいつも使う手である。隣国で日本バッシングがもえ上がる時、それは一方では隣国の国内事情の反映であると言えるかも知れない。しかし日本に対する「百年来の怨念」はいつ火をふくかも判らないのである。他を知り、己れを知ることとの大切さを思う。

中勘助が「人間が現代を恥づる日がいつか来るであらう」(「街路樹」)と書い

たのは昭和八年三月某日のことである。満州事変のあと、軍国主義が吹き荒れ、三月二十七日日本が国際連盟を脱退し世界の孤児になろうとしていたころである。絶望感と戦うように中勘助はその前の行で、現代にも通用するような次の言葉を書いている。

「余裕のない社会の状勢と甚しい職業の分化が人間を精巧なロボット化し、お互を異邦人化する。ロボットより人間へ！　異邦人より同胞へ！」

この言葉はフランス敗戦後アメリカ亡命ののちにサン・テグジュベリが書いた次の言葉と符合する。

「人間に対する尊重！……そうだ人間に対する尊重なのだ！……ここに試金石がある！」（「ある人質への手紙」）

「機械は廃品になるやいなや醜くなる（機関車、自動車、飛行機、蓄音機……）そしてそのことは機械に限ってのみあてはまる」という言葉も「『精神』の風が、粘土の上を吹いてこそ、初めて『人間』は創られる」という言葉もサン・テグジュベリの言葉である。彼自身は平和の到来を待たずに戦死したが、詩人とはいつも「人間」の未来のために苦悩する人のことであろう。

どのように軍備を拡充しても滅びる時は国家は滅びる。民族や国家が滅びないためには、人々がどのように自分の民族や国家を愛しているかにかかっている。国民は国が何をしてくれるかではなく、国に対して何をなし得るかを問え、というのはケネディの理想であったろうが、その理想に反して、党利党略、私利私欲を計る人が多かったことがケネディの悲劇であった。

（平成四年六月十二日）

（注）「朝鮮戦争」（神谷不二著、中公新書、昭和四十一年）

「国を思えば腹が立つ」（阿川弘之著、光文社、平成四年）

「中勘助全集第六巻」（岩波書店）

「サン・テグジュペリ著作集」全七巻（みすず書房）

十七　鹿児島の若い人たちに

鹿児島など、日本の地方に住む若い人たちに読ませたい明治以後の青春小説を三冊と聞かれたら、私は、伊藤左千夫の「野菊の墓」、川端康成の「伊豆の踊子」、そして三島由紀夫の「潮騒」を挙げたいと思う。私たち戦中派には出来なかった、本当に美しく清らかな恋を彼らにはさせたいと思うからである。

新潮文庫版「伊豆の踊子」の末尾にのせられた解説の中で三島由紀夫は、川端康成の全作品の主要な主題は「処女の主題」であること、その主題のおかげで川端は同時代の作家がみな陥った浅はかな似非《えせ》近代的心理主義の感染を免れたと書いている。

「処女の内面は、本来表現の対象たりうるものではない。処女を犯した男は、決して処女について知ることはできない。処女を犯さない男も、処女について十分に知ることはできない」この不可知な処女性の秘密が「芸術作品がこの世に存在することの秘密の形代《かたしろ》になるのである」と三島由紀夫は書いている。

「踊子は十七くらいに見えた。私には分からない古風の不思議な形に大きく髪を結っていた。それが卵形の凜々《りり》しい顔を非常に小さく見せながらも、美しく調和していた」と、最初に踊子の薫《かおる》に会った時に、二十歳の高等学校生徒は思う。その踊子が、遠くの湯殿の奥から裸体のまま走り出して来て何か叫びながら両手をふっているのを見た時、「私」は心に清水を感じ、ほうっと深い息を吐いてから、ことこと笑った。「子供なんだ」と思う。大人びて十七歳くらいに見えた踊子が本当は十四歳の、何のけがれも知らぬ少女であると判った時、青年は欲情から解放される。しかし下田で別れたあとの船の上で彼はぽろぽろ涙を流す。「何か御不幸でもおありになったのですか」と隣の乗客に聞かれて青年は「いいえ、今人に別れて来たんです」と素直に答える。「泣いているのを見られても平気だった。私は何も考えていなかった。ただ清々《すがすが》しい満足の中に静かに眠っているようだった」と作者は書いている。青春の涙のなんと清らかなことであろうか。

川端康成は早くから父母に死別し、七歳から祖父と二人で暮らしていた。十歳の時、別居していた姉にも死なれ、十五歳の時には祖父とも死別して全くの孤児となり、伯父の許に引き取られた。川端文学の中心に「愛」と「死」と「別れ」の主題が特に色濃く感じられるのはそのためであろう。彼が最初の伊豆旅行をして初めて踊子に出会ったのは大正七年十九歳の時であった。清純な踊子が、孤独と人恋しさの思いの中にあった彼をどれほどなぐさめてくれたことであろうか。それ以来十年間彼は毎年伊豆に出かけている。「伊豆の踊子」は大正十一年から十五年にかけて書かれ、発表されたのは大正十五年の二月、川端が二十七歳の時であった。尚三島由紀夫の「伊豆の踊子」の解説は昭和二十五年の八月、三島が二十五歳の時に書かれている。そしてその三年後の二十八歳の時に三島は「潮騒」を書き始めている。この二人の師弟がいずれも二十七、八歳の時に「青春」を主題にした小説を書いていることは興味深い。二十七、八歳は青春に訣別を告げねばならぬ年齢である。

「伊豆の踊子」は昭和になってから五回映画化されている。昭和初期の田中絹代主演による無声映画は五所平之助監督の名作であった。戦後の美空ひばり、鰐渕晴子のものは見ていないが、昭和三十八年に作られた吉永小百合の映画は佳作であった。昭和五十年代には山口百恵主演のものもあり、今年（平成四年）になってからは小田茜が主演したテレビドラマも製作された。小田茜は長身で美しすぎるのが難であったが十三歳は原作の踊子と同じ年頃で、純な感じは良く出ていた。萩原聖人の高校生も悪くなかった。

今年の七月、ＮＨＫの衛星放送で吉永小百合の「伊豆の踊子」が放映された。少し大根足、ゆったりした腰の線、額の小さなにきび、優しい身体の動き、いかにも大正時代の素朴な踊子が生々と表現されていた。若き日の高橋英樹の高校生も初々しく、これ以上のコンビは簡単には求められない。

今まで私が見た二本の映画とテレビ映画の「伊豆の踊子」のいずれにもお清という若い薄幸な酌婦が出てくる。これは「伊豆の踊子」の原作には出ていない娘だが、川端の二年後の作品「温泉宿」に出てくる人物である。誰の発案か判らないが、踊子の清純さを引き立たせるために、哀れな少女の死を配した脚本のうまさはほめていいのかも知れない、しかもこの、少ししか登場しないお清の役をいずれも前途有望な女優に演じさせているのが面白い。吉永作品では十朱幸代が、百恵作品ではまだ大ヒット曲のないころの石川さゆりが出演し、そして小田茜のテレビドラマでは後藤久美子が友情出演しているのである。

「伊豆の踊子」の冒頭に天城峠の茶屋が出てくる。この茶屋の、水死人のように全身蒼ぶくれの爺さんについて「私」は「お爺さん、お大事になさいよ。寒くなりますからね」と別れを告げ茶代として五十銭銀貨を払う。感激した妻の老婆が峠のトンネルまで送って来たことに対して「私」は痛くおどろいて涙がこぼれそうに感じ、「どうも有難う。お爺さんが一人だから帰って上げて下さい」と別れを告げる。このエピソードを書くことによって主人公の「私」の優しい人柄が浮き彫りにされ、その後の踊子との心の結びつきを清らかに浮かび上がらせている。「いい人ね」「それはそう、いい人らしい」「ほんとにいい人ね、いい人はいいね」という踊子たちの単純な会話はこの小説のハイライトである。

川端康成は十五歳で祖父と死別している。病床にある盲目の祖父との生活を描いた「十六歳の日記」は川端文学の謎を解く有力な鍵である。古今東西、すぐれた作家はみな「老い」に対する優しい理解と同情を示している。青春と老年との対比が「伊豆の踊子」という青春小説に深味を与えているのである。

川端康成のガス自殺は昭和四十七年、七十二歳の時であったが、三年前にノーベル文学賞の栄誉を受けていながら、老いの深さと共に生来の孤独感を抜け切ることは出来なかったのであろうか。二年前の三島由紀夫の自決も大きな時代の悩みを感じさせたのであろうが。

「野菊の墓」は歌人伊藤左千夫が明治三十九年、四十三歳の時に初めて書いた小説である。すでに歌人としては名をなし、斉藤茂吉、島木赤彦、中村憲吉など、いずれも地方出身だがのちに一流の歌人となった多くの門下生をもっていたが、明治三十三年ごろから大正二年死去の年まで東京本所で牛乳搾取業をしていて、生活は豊かではなかったという。上総《かずさ》の国成東町生まれの田舎者で、外観も、菊池寛に似ていてあか抜けしない感じであった。「野菊の墓」も小説としては無器用で、文章もむしろ稚拙に近い。しかしそれだけに真実味がこもっているのである。

「野菊の墓」は昭和三十年木下恵介の脚本監督で映画化されたが、「野菊の如き君なりき」という題のこの映画は白黒ながら昭和を代表する名画であった。左千夫の歌をいくつか随所に配し、年老いた政雄を笠智衆が、政雄の母を杉村春子が演じた。政雄も民子も未知の新人だったが、昭和五十年代になってからは松田聖子主演で映画化され、他にも安田道代主演の映画もあるという。松田聖子のものは、四十歳を過ぎてから監督に昇進した沢井信一郎の処女作であったが、のちに薬師丸ひろ子の「Wの悲劇」や近くは「福沢諭吉」などの力作を作った実力派だけに、処女作ながら瑞々しい感覚にあふれた佳作となった。年老いた政雄を新国劇の島田正吾が、母親を加藤治子が演じ、歌手として登り坂にあった松田聖子が、明治の少女を好演した。彼女の横顔と、日光に輝くうなじの生毛《うぶげ》をアップで映した演出にはドキリとさせるような処女の色気を感じさせた。原作では「民子がからだをくの字にかがめて、茄子をもぎつつあるその横顔を見て、今さらのように民子の美しくかわいらしさに気がついた。これまでにもかわいらしいと思わぬことはなかったが、今日はしみじみとその美しさが身にしみた。しなやかに光沢《つや》のある鬢《びん》の毛につつまれた耳たぼ、豊かな頰《ほお》の白くあざやかな、顎《あご》のくくしめの愛らしさ、頸《くび》のあたりいかにも清げなる……」という左千夫の文章の感じを沢井信一郎は若い松田聖子を通してよく表現している。明治の農村の風景描写も美しいものであった。

「まことに民子は野菊のような子であった。民子は全くの田舎風《いなかふう》ではあったが、決して粗野ではなかった。可憐《かれん》で優しくてそうして品格もあった。いや味とか憎《に》気《け》とかいう所は爪《つめ》の垢《あか》ほどもなかった。どう見ても野菊の風《ふう》だった。」しかし十五歳の少年と十七歳の少女との幼なじみの恋ははかなく終わる。「民子は余儀なき結婚をしてついに世を去り、僕は余儀なき結婚をして長らえている。民子は僕の写真と僕の手紙とを胸に離さずに持っていよう。幽明はるけく隔つとも僕の心は一日も民子の上を去らぬ」という文章で「野菊の墓」は終わる。映画では私が見た二作とも民子が握りしめていたのは政雄の手紙とりんどうの花ということになっている。民子は野菊の如き少女で、政雄はりんどうのような少年なのである。

ここに明治のロマンの香りが漂っているように思われる。

親の望みとは言え、愛のない男と結婚して身をまかせ、子までみごもったという罪の意識が民子を死の床につかせる。ここでも川端康成式のいわゆる「処女の主題」が年若い二人の恋を清らかに彩《いろど》っている。伊藤左千夫はこの小説を文学仲間の前で朗読した時、幾たびも歔欷《きょき》（すすり泣き）したと弟子の斉藤茂吉は伝えている。そして「全力的な涙の記録として、これほど人目をはばからぬものは世に少ないであろう」と茂吉は書いている。宇野浩二も岩波文庫版「野菊の墓」の解説の中で「無類の、正直な、一途な、左千夫の人柄がこの小説の全篇に満ちあふれている。それが読む人の心を打ち、読む人の涙をさそうのである」と評している。

青春文学として私が最も愛するものにゲーテの「ヘルマンとドロテーア」がある。同じゲーテの「若きウエルテルの悩み」よりもはるかに好きで、気が滅入った時に読むと心が晴れやかになる。ゲーテ自身もゲーテの母もウエルテルよりもこちらの方を愛していたというが、その第四章「母と子」の章を、友人の詩人シラー夫妻の前で朗読したときゲーテは感きわまって涙を流したという。この章に出てくるヘルマンの母はゲーテ自身の母をモデルにしたものであった。伊藤左千夫と言い、ゲーテと言い、自分が書いた作品に涙することの出来る詩人や作家のなんと幸福なことであろうか。

三島由紀夫の「潮騒」は昭和二十九年、彼が二十九歳の時の作品であるが、二年後には早くもニューヨークで翻訳出版され、世界中に三島文学を知らせる先駆となった。この作品がギリシャ文学の「ダフニスとクロエ」を下書きにしていることは事実であろうが、伊勢海の小さな島の漁村を舞台にして、十八歳の青年と同じ年頃の少女との、素朴で健康的な牧歌的恋愛叙事詩を書くことによって、三島は敗戦後の日本の暗い世相に明るい希望の光を点じたかったのであろう。「伊豆の踊子」「野菊の墓」「潮騒」いずれも都会の喧騒や頽廃とは無縁な、日本の美しい自然の中の物語である、忘れてはならない日本人の心もここでは美しく息づいている。

「潮騒」の中に、青年と少女が燃えさかる焚火を間にして、裸体で向き合う有名な場面がある。青年はまどろみからさめて、焚火の向こうに裸体になっている少女の姿を見つける。少女はびしょぬれになった衣服を乾かすために、たまたま焚火の前に裸体になっただけのことである。三島由紀夫は次のように書いている。「新治が女をたくさん知っている若者だったら、嵐にかこまれた廃墟のなかで、焚火の炎のむこうに立っている初江の裸が、まぎれもない処女の体だということを見抜いたであろう。」

新治と初江はそのあと裸のままで抱き合うが、二人はお互いの裸の鼓動をききながら性的欲望をふしぎな幸福感に転化し「終わりのない浄福」に浸り切るのである。これは神話的な世界だが、人間にとっても至福の世界と言うべきであろう。「潮騒」の映画化は五度行われているが、小説が発表された昭和二十九年に早くも谷口千吉によって映画化されている。青山京子と久保明の主演である。昭和五十年代には山口百恵、三浦友和共演のものもあるが、共に、原作に見られる青春の輝きを表現し切ったようには思われない。しかし将来、主役にふさわしいスターの出現の度に、「潮騒」の映画化が企画されるかも知れない。私たちは最近、大都市を舞台にした荒々しいアクションものや、猥雑で安っぽい恋愛ものに少しあきあきしていないであろうか。大都会の外で見る限り、日本はまだまだ美しい国なのである。美しい青春もそこにはまだいっぱいあると考えられないであろうか。

私がこの文章の中で挙げた三つの青春小説は戦後、「伊豆の踊子」が新潮文庫だけでも昭和二十五年初版以来百十二版、「潮騒」は昭和三十年以来九十五版、そして「野菊の墓」は岩波文庫で昭和二十六年以来四十五版も版を重ねている。映画化も何回か行われている。日本の「地方」を舞台にしたこれらの物語の中に日本人の心のふるさとがあるのかも知れない。

（平成四年九月二十五日）

（注）文中の形代《かたしろ》という言葉については、国語・古語辞典にくわしい説明がある。

十八　テレビ雑感

平成の世になってから早くも満四年の月日が流れた。平成五年がどのような年になるのか気がかりである。平和で明るい年であって欲しいと心から祈らざるを得ない。

今にして思えば、昭和十六年十二月八日に始まり、昭和二十年八月十五日に終わった大東亜戦争は三年九カ月余にわたる、割に短い戦争であった。しかし、その間戦場となったアジア全域の人々や日本国民の苦難は筆舌につくし難いものであった。今さらのように平成日本のこの四年間、大きな波乱がなかったことに感謝せずにはいられない。

最近の世相は私に昭和初期のころを思い出させる。世界的な経済不況、政党の腐敗堕落に対する国民の政治不信、そこから生まれた五・一五や二・二六のような血なまぐさい事件、全体主義の流行と軍部の暴走、平成日本があの時代のあやまちを繰り返すことはないか気がかりである。佐川疑惑に始まった自民党政権の不始末が続くことに対して、自衛隊の三等陸佐（昔の陸軍少佐）柳内伸作という人が、「もはや合法的に民主主義の根幹である選挙で不正を是正することは不可能です。それを断ち切るにはどのような手段があるか。革命かクーデターしかありません」という文章を平成四年十月二十二日号の「週刊文春」に発表して波紋を投げた。私の頭に昭和初期の頃の色々な事件がひらめいたことは当然であった。

昭和の初期と現在をくらべて、根本的に違っている点は言論の自由である。殊に、昔は存在しなかったテレビジョンが、情報を多量に、しかも迅速に流している。現代は情報の時代である。そのことが民主主義の世界を守っていると言ってもいいのであろう。

ここ三、四年私は余り外出もせず、テレビにかじりついていることが多かった。新聞を読むには老眼鏡が要るが、テレビを見るのに老眼鏡は必要としない。好奇心のおもむくまま、色んな風景や人間や音楽をたのしむことが出来る。その私が、近ごろテレビをあまりたのしめなくなった。テレビは本当に真実を伝えているのであろうかと思い始めたのである。大宅壮一がかつてテレビについて一億総白痴化と書いたことがある。最近は山本夏彦氏などテレビは百害あって一利なしと書いている。私も最近はテレビに向かって腹を立てていることが多い。テレビを通してみた世相にもテレビ番組の作り方そのものにも当たり散らしている。もっと前向きで建設的な面がなければテレビなど面白いものではない。

私は青島幸男という人がきらいではない。しかし、金丸信が議員を辞めるまでハンストをすると言ってそれを実行している青島さんがテレビに映し出されたのを見て、私は軽薄さを感じざるを得なかった。新聞記事で読むだけならむしろ声援を送ったかも知れないのに、テレビの画面で見ると、これ見よがしの偽善のようなものを感じてしまう。テレビを見ながら横山安武のことを思い浮かべた。明治の初年に、もちろんテレビはない。しかし多くの年月を経て、横山の心はなお強烈に伝わってくる。

旧薩藩士横山安武が明治政府の腐敗に対して激憤し、時弊十カ条をかかげて政府正院（衆議院）門前で割腹自決したのは明治三年七月二十七日のことであった。享年二十七。徳川幕府を倒して新政府が発足したにもかかわらず「旧幕府の悪弊、暗に新政に移り」「大小百官、外には虚飾を張り、内には名利《めいり》を事とする」「上下交々《こもごも》、利をとって、国危し」というのが建白書の内容であった。横山安武は島津久光の五男悦之助の輔導役となり、明治元年五月には悦之助にすすめ、ともに佐賀の弘道館や長州の明倫館に留学したほどの俊才であった。明治三年七月東京に留学中、新政府の腐敗を見て死諫を決意した。安武の死を聞いて西郷隆盛は彼をとむらう碑文を書いた。

「『朝廷の百官、遊蕩驕奢《ゆうとうきょうしゃ》にして事を誤まるもの多く……王家衰弱の機、ここに兆《きざ》す矣。苟《いやし》くも臣子たるもの、千思万慮、以ってこれを救はざるべからず』しかし尋常の諫疏《かんそ》百万言のべても駄目な時は『一死以ってこれを諫《いまし》むるに如かず』」と西郷は横山の心事に同情している。

ハンストと自決、私は、その差を論ずるのではない。青島さんの行為を愚行と言うのでもない。しかしハンストとは飽食日本の平和を思わせて妙に笑いたくなるのである。終戦後私たちは好まずしてハンストをさせられているようなものであった。闇米買いの犯罪をおかし、コメよこせのデモすらあった。今、テレビで見る三十時間のハンストにはなんの悲壮感もない。終戦当時の人たちのやせ細った身体であったら、三十時間のハンストは死につながったかも知れない。

私は空腹の飢餓感よりも、横山安武の心の飢えの方に心が痛む。時流にのった薩藩士であれば横山は明治政府のいい地位を占めることも不可能ではなかったはずである。彼はのちに日本で最初の文部大臣となり、明治二十二年暗殺に倒れた森有礼の実兄である。その横山にして自決を以て諫めねばならぬほど、明治政府の役人はくさり切っていたのであろうか。横山の死と同じころに語られたと思われる「南洲遺訓」には西郷の政治に対するきびしい言葉が数多く収められている。「萬民の上に位する者、己れを慎み、品行を正しくし、驕奢を戒め、節倹を勉め、職事に勤労して人民の標準となり、下民其の勤労を気の毒に思ふ様ならでは、政令は行はれ難し。然るに草創《そうそう》の始に立ちながら、家屋を文《かざ》り、美妾を抱へ、蓄財を謀りなば、維新の功業は遂げられ間敷也。今と成りては、戊辰の義戦も偏へに私を営みたる姿に成り行き、天下に対して面目無きぞとて、頻りに涙を催されける」

横山が自決し、「南洲遺訓」が語られたあと、明治四年から明治十年の西南の役までに政府の転覆を計った政治的暴動は十件に及び、その他微兵反対、租税や貢米に対する不満などから起こった暴動や百姓一揆も十二件起こっているという。福沢諭吉が西郷に同情し、大久保を嫌悪したのは、民間の反政府運動を抑えるために大久保政府が明治八年新聞紙条例を作って言論の弾圧を計ったことによるものであった。西南の役は武装決起による内戦の最大最後のものとなったが、その西南の役の反省のあと成育しつつあるかのように見えた政党政治、大正デモクラシー、それが昭和初期の政治腐敗によって滅び去り、軍部独裁、続いては戦争への泥沼へと日本国民を叩き込んでしまったのである。自衛隊三等陸佐の革命かクーデターかという論議はかつての悪夢を思い出させずにはおかない。

武力の乱用ほどおそろしいものはない。他国への侵略はもちろんであるが武力による革命や内戦も悲惨である。ホイットマンの自選日記（岩波文庫上・下巻）

を読むとアメリカの南北戦争がいかに悲劇的な内戦であったかあらためて強く感じさせる。「トム・ソーヤーの冒険」の作者マーク・トウェインも南軍の将校として戦い、同胞相い食《は》む内戦の愚を痛感させられたひとりであった。一八六一年四月から一八六五年四月に及ぶ四年間の内戦で、戦死者は六十万人以上に達したという。これは第二次大戦における米軍戦死者三十万人の倍近い数字である。朝鮮戦争とベトナム戦争の長期の戦争ですら合わせて十五万人ほどの戦死者であった。西南の役の戦死者は官賊合わせて一万三千人程度であったが、それでも日清戦争の日本軍の戦死者よりははるかに多く、しかもわずか七ヶ月間の戦斗による戦死者であった。薩軍がもっと勝ち進み、内戦が長期化すれば戦死者数は何倍にもふくらんだであろう。

フランス革命では一七九四年の六月から七月にかけて革命裁判所が死刑を宣告した数は千二百八十五人に達し、一八七一年（西南の役の七年前）パリのコンミューン内戦ではわずかの期間に政府軍によって殺されたコンミューン派市民は約三万、その後、流刑、強制労働の刑を受けたものは八千人、そのほかにも多くの戦死者を出したという。ロシア革命やその後の粛清による死者は四千万人とも言われている。ウクライナだけでも六百万人以上の農民がスターリンによって殺されている。カンボジアでポル・ポト派が殺した国民は百万とも二百万とも言われる。人口八百万人ほどの国での激しい内戦であった。

テレビの出現（日本では昭和二十八年ごろ）以来、いろんな事件が起こる度に私たちはテレビの前にくぎづけにされて来た。浅間山荘事件の時には、ほとんど一日中テレビは現場中継した。もし西南の役やフランス革命のころにテレビがあったら、内戦のおそろしさはどんなに激しい現場風景を画面に流したことであろうか。テレビは私たちに事件を客観視する眼を与え、感情の激発を抑制する役目を果たしている。その一方、何か事件が起こる度に画面に多くの解説者や評論家が現れ、事件の衝撃度をうすめたり、逆に煽ったり、変質させたりする。芸能人のスキャンダルめいたものをテレビの芸能リポーターなどがサディスティックにあばいたりする度に芸人好きの私は憎悪すら覚える。政治評論家という人たちも、本当に真面目に政治を良くしようと考えているのであろうか。テレビは日本の政治や文化を向上させるのに、何か積極的に建設的に良いことをしているのであろうか。

アメリカの大統領選挙で、選挙に破れたブッシュが新大統領に対する祝福の演説を行い、新政権への協力を国民に訴える風景をテレビで見ながら私はアメリカン・デモクラシーの本当の姿を見たように思った。ここに民主主義の多数決の原則が生かされていた。アメリカには二大政党の他に、現実には数多くの小さな政党もあるという。日本ではかんじんの二大政党がない。スキャンダル続きでいつ倒れても不思議のない自民党政権がこのように長もちしているのは日本の野党が無力無策のためでもある。それはしっかりした野党を育てて来なかった国民の責任でもあろう。国民もマスコミももう少し在野政党をきびしく批判し教育すべきであった。反権力すなわち正義という単純な論理は民主主義の国では通用しない。今は野党でも明日は政権党であるべきだからである。政権を取る日のことを想定出来ない政党は政党ではない。国会議員ひとり平均一億円以上の年費を要するという。政治には金がかかるといわれる。選挙費だけと思ったら、隅田川の水質調査を自力でしたら二百万円かかったと森田健作氏はこぼしていた。法案を作るのにも調査費用がかかる。それならば議員の歳費を五倍にし、その代わり参議院議員の定数は半減した方がいい。税金のムダ使い厳禁、許認可制度の見直し、そしてやはり一番大事なことは行政改革である。

最近新聞もテレビも業績が落ちているという。原因は不況による広告の減少にあるとのことである。スポンサーの広告に大きく依存している民放の苦労は大変なものであろう。そのためか、近ごろは余り金を使わない番組がふえたような気がしないでもない。企画が貧困なのか、出演者も安手のタレントをどの局もたらい回ししているような気がする。老人にとっては特に昼のテレビが面白くない。夜の久米宏の番組など老人はほとんど見ない。その時間には寝ていることが多いので批評のしようがない。ある大臣が久米宏を攻撃し、こんな番組に企業はコマーシャルを出すなと口を出した。これは大臣の方の勇み足である。ビートたけしのＴＶタックルという番組の中で久米宏は、自民党の政治家の方に面白い人が多く、私は社会党に一度も投票したことはないと話していた。彼の思想的偏向とは大臣の思い過ごしであろう。

テレビにもうひとつ注文、政府攻撃も当然だが、投票率が上がるように、国民を白けさせないよう、もっと真剣に政治のことを取り上げて欲しい。五十％程度の投票率で選ばれる国会議員が選良と言えるであろうか。知事や市長の投票率も低く、六選七選のほとんど無投票当選の知事すら出現している。鹿児島市の市長は当選後五石橋の尊重を約束したが、五石橋は文化遺産である。文化尊重がもっと選挙の争点となるべきであった。テレビ自身ももっと文化運動に積極的に参加して欲しいものである。

テレビの出現は昭和の大事件のひとつであった。テレビの発達によって映画産業がおとろえ、活字文化が打撃を受けるのはマイナス面だが、テレビが映画や文学の興隆に貢献する途は残されているように思われる。数年前パリには劇場が五百以上あると書かれた文章を読んだことがある。日本でも江戸時代には八百八町（実際はもっと数は少なかったが）の各町内に寄席《よせ》があったという。テレビ時代でも映画館や劇場にもっと人が集まって欲しい。テレビもその後押しをして欲しいと思う。そして郷土雑誌のようなものに対する後援も。

テレビの悪口を少し書き過ぎたかも知れない。テレビ中継によってスポーツが格段に面白くなったことは事実である。しかし私は最近野球をテレビで余り見ない。解説者がしゃべり過ぎ、客の応援がうるさ過ぎるからである。長嶋のような大選手が真剣に打撃に立ち向かい、華麗な守備に全身を躍動させる時、そこにつまらない解説は必要ではなかった。

最近私はうれしい文章にふれた。デビッド・ベンジャミンという外国人が週刊文春十一月二十七日号に書いた「シコふんじゃった」という文章の一節である。「美しさからいっても、霧島はまさに力士中の力士。絵になる容姿とストイックな物腰は、古典的な相撲の理想でもある。優雅でトラディショナル、熟れた技を持ち、タフであると同時に優しく、洗練されて上品な霧島は相撲の『縮図』だった。もし相撲が『文化』だったら、彼こそ横綱に昇進し、六、七十歳になるまで角界の〝枢機卿〟また〝名誉横綱〟として君臨し続けてもいいくらいだった」

私はこの文章から、戦前ジャン・コクトーが日本で大相撲を見て、相撲についての名文を書いたことを思い出した。相撲は肉体と技で織りなす芸術であるとは、さすがにフランスの詩人らしい見方であった。

大相撲のパリ興行では寺尾と霧島の人気が高く、霧島はパリの女性から日本のアラン・ドロンと言われたという。近い将来私たちはもう霧島を土俵上で見られなくなる。テレビ中継もつまらなくなるに違いない。霧島は親方などにならずに鹿児島に相撲学校を作ってその校長になってもらいたいと思う。

（平成四年十二月八日）

十九　美しき人を見つるものかな

平成五年一月二十一日、オードリー・ヘプバーンの死去が報じられた。私たちに、同じ時代に生まれ合わせて良かったと思わせる人々がいるが、ヘプバーンはその数少ない人たちの中のひとりであった。昭和二十九年「ローマの休日」という映画が上映されると彼女はたちまち世界中の人々のアイドルとなった。彼女が二十四歳の時であった。

皇室をもつ日本で、「ローマの休日」は特に熱狂的に迎えられた。そして三年後、民間からの初めての皇太子妃が誕生した時、私たちはシンデレラ伝説を信じた。王女を演じたヘプバーンが世界のトップ女優になれたのもシンデレラ的であったが、美智子妃の場合は本当にシンデレラ・ストーリーが現実に存在することを私たちに思わせた。何よりも先ず私たちは、敗戦後の日本でも、まだこんなに美しく典雅な日本女性が育ち得たのかというおどろきの方を強く感じざるを得なかった。

十年ほど前、私は「失われた楽園—ロチ・モラエス・ハーンと日本」という本を出版したが、その中で明治十八年から明治二十三年までに相次いで来日した三人の外国人文学者たちが、いかに日本に惹かれ、日本の女性を愛したかを書いた。「……日本の最も驚嘆すべきその美的産物は、象牙細工、青銅器、陶磁器、刀剣、金属や漆器の珍しいいずれでもない——それは女である」とラフカディオ・ハーンすなわち小泉八雲は書いた。「お菊さん」の作者ピエール・ロチは観菊宴でお会いした明治天皇の皇后美子《はるこ》（のちの昭憲皇太后）について「最も洗練された意味に於けるexquise（上品なろうたけた）という形容詞のあてはまる極く極く少数の女性《にょしょう》のお一人」であり、また「静かな女神のやうなお姿」であったと書いている。皇后は当時ロチと同じ三十五歳であられたが、一生子供をお産みにならなかったのでロチには二十五歳か二十八歳にしか見えなかったという。ロチは海軍士官で世界中の貴婦人に会っていたが、日本の伝統的宮廷着を召された皇后は特に優雅に気品高く聡明に思われ「私はフランスに帰国したら、私が日本の皇后陛下をどんなに素晴らしいものに思ったか、その幾分たりとも書いてみることにしよう」と思ったということを「秋の日本」の中の「観菊御宴」という文章の中で書いている。美子皇后のことは円地文子も「女坂」の中で、おきれいで美少年のようなという形容で書いているということを、田辺聖子は「皇太后のお靴」（「文車日記」）という文章の中でロチのこともふくめて紹介している。田辺聖子は「明治美人というのは東洋の真の精粋をあつめたようで、それに威厳と気品が加わっているのですから皇太后のお美しさは無類です」と書いている。

美智子妃の御結婚から三十数年、そのお子様たちが、まず大学教授の家庭から妃殿下を、そして今年は皇太子が外交官の家庭から皇太子妃を迎えようとされている。テレビ・キャスターの久和ひとみが「ガールズ・ビー・アンビシャス」（女性よ大志をいだけ）とうまいことを言った。クラーク博士の「ボーイズ・ビー・アンビシャス」をもじったものであろうが、家庭環境と教育条件、そして本人の努力次第では、ロチやハーンを魅了した明治の女性に劣らぬ心身ともに美しい日本女性たちが育ち得ることを現実が証明した。優れた女性はその時代が生む芸術品のようなものである。

私は昔から皇太子殿下に好意をいだいていた。竹のように真直ぐな姿勢、相手をしっかり見て話をされる誠実な態度、地味だが信頼出来そうな御性格が私には頼もしい青年に思われた。中、高校生時代の皇太子の辞典（多分英語のそれであろう）は数色の色鉛筆で彩られていると伝えられた。最初に字句を引く時は赤鉛筆、二度目に同じ字句を引く時は青鉛筆、三度目は別の色鉛筆といった風であったとのことである。

私の中学生時代に、英和辞典を第一頁から暗記して、覚えたはしから破りすて、口に入れて、飲み込む同級生がいた。その秀才ぶりにおどろきながらも辞典がもったいないと思うことがあった。皇太子はそうした秀才肌ではなく堅実な努力家であられるように思われた。多難な日本の将来を背負って行かれるのにふさわしい方だという感想であった。そういうこともあってか、皇太子妃が簡単に決定されないことに私はそれほど不安を感じていなかった。何百万人もいる日本女性の中から皇太子にふさわしい妃殿下が現れないはずはない。日本女性はそれほど愚かものばかりではない、と信じていた。女性が皇室に入ることには多くの苦労があるだろうということを多くの人が言う。しかしノブレス・オブリイジュ、という言葉があるように身分が高い人ほど重い責務があることは当然である。我々のために御苦労下さっていると思うからこそ、献身的な政治家や教育者への尊敬も生まれる。皇室の人々にそれなりの御苦労があればこそ私たちはあがめることも出来る。芸術家の努力や苦しみがなくしてすぐれた芸術作品は生まれない。

皇太子と雅子さまの記者会見は申し分のないものであった。おふたりの知性感性すべてが調和して感じられた。お目が高い、ということはおふたりともに申し上げたかった。

雅子さまが宮内庁あたりに出されたと思われる自己申告履歴書がある。学歴、職歴はもちろん、趣味、特技、座右の銘、得意料理など二十項目以上にわたってくわしく述べられている。宗教は浄土真宗であることも書かれている。好きな映画として「ドクトル・ジバゴ」「禁じられた遊び」「クレイマー・クレイマー」があげられているが、同級生の証言によれば、別に「E・T」もお好きとのことである。読書は哲学などとなっているが、「人間の生き方」ということに広く御関心があられるのであろう。音楽はバッハ等バロック音楽。ラフマニノフのピアノコンチェルト等協奏曲、キース・ジャレットのジャズピアノ等とのことである。ラフマニノフのピアノ協奏曲と言えば第二番の方が特に有名であるが、私も大好きなので親しみを覚える。この曲はマリリン・モンローの「七年目の浮気」、エリザベス・テイラーの「ラプソディー」、ジョーン・フォンテインの「旅愁」などの映画にも特に効果的に使われている。特に有名なのは、デヴィッド・リーンの名作「逢びき」（一九四五年）でこの映画では全篇にわたって甘美なメロディが流されている。「旅愁」もロマンティックな映画でジョーン・フォンテイン演じるピアニストが再度この曲を弾く場面がある。ラフマニノフのこの協奏曲ほど映画の世界で美しく効果的に使用された音楽は少ないであろう。この曲を好きな女性はきっとロマンティックな女性であろうというのが私の直感である。いずれにしても音楽やスポーツの趣味を同じくされる皇太子殿下御夫妻はいかにも御似合いの御夫妻と御見受けすることが出来る。

それにしても日本の新聞雑誌やテレビの中には変なものがある。皇室の御慶事に対して素直に心からお祝いを申し述べているのか、それとも腹の底では皮肉ないや味のひとことも言いたいのか、何かしらすっきりしない。舌にざらざら、胸にむかむかするものが感じられる。ある大学教授のように、思想的には天皇制廃止論者だが、りっぱな皇太子妃が決まって、これで二十一世紀まで皇室も安泰だと思うとくやしいというのはむしろ正直で気持ちがいい。最近はやりの論法で気味が悪くいやらしいと思うのは、めでたいがしかし、といったような言い方である。このしかしがくせものなのである。もっとも、人の幸福をうらやんだり憎んだりする気持ちは誰にもある。深く考える必要はない、一から百まで完全に幸福な人間も、といってすべて不幸な人間もいない。不幸だと思えば人間はすべて不幸である。オードリー・ヘプバーンのような人でも死なねばならぬのである。

ヘプバーンの人生は必ずしも平坦ではなかった。ナチスに肉親を殺され、父とは生き別れ、飢えかけたこともあった。しかし彼女の中には誇り高き貴族の血が流れていた。優れた種子から美しい花が咲き開いた。花咲いた場所は映画の花園であった。そこには彼女の開花を手助け出来る多くのすぐれた人たちがいた。しかも第二次大戦後の二十数年間は映画の黄金時代であった。その点へプバーンはめぐまれていた。彼女の映画の大部分がハッピー・エンドであった。ニューヨークの古本屋の店員も、ロンドンの下町の貧しい花売り娘も、パリの私立探偵の娘も、それなりの王子様とめでたしめでたしの結末であった。

現実の人生でヘプバーンは二度の離婚、四回の流産を経験している。しかしその間に二人の息子を産み、彼らを愛し続けた。不幸な幼年時代の経験から彼女は戦争や不正を憎み続け、幼いものや不幸な人々への愛を忘れなかった。彼女と二十年間親交のあった加藤タキさんによれば、彼女の手紙の末尾には必ず小さなハートのマークが書かれているという。彼女は主演映画の中でどの映画が一番好きかという質問には答えなかったが、どの映画にも彼女は全力を投入していたので、分けへだてが出来なかったのであろう。その一生懸命さはどの映画からも伝わってくる。映画の中だけでなく、彼女は生涯を通じて真摯《しんし》に生きていたように思われる。幼いころユニセフの救援食糧で飢えから救われた彼女はその恩返しとして晩年をユニセフの親善大使としての活動にささげ、ソマリアの飢えた子供らを助けるためには寝食を忘れた。彼女のガンの発見が手おくれになったのはそのためであったという。「神はそのもっとも美しい天使を天に召された」というエリザベス・テイラーの言葉には実感がこもっている。

ヘプバーンは二度来日しているが、加藤タキさんによればラーメンが大好きで、ホテルの部屋に配達させて食べていたとのことである。彼女は日本を愛し、日本人は彼女を愛した。日本がマスコミやファンのうるさい所でなければ、彼女はもっと度々日本を訪れ、あるいは日本に住むことがあったかも判らない。彼女は衰えていく容貌は余り気にせず、人間は老いて行くと共に内面的には美しくなるのだと加藤タキさんには話していたという。晩年の彼女は外面的な虚飾に捉われることがなかった。しかし彼女の最愛の母が八十歳まで幸福に生きていたのに、彼女自身の人生はそれにくらべれば余りにも短かったのが悲しい。

同時代人同士がお互いに好感を持ち続けるということは、意外に少ないもののようである。生身の人間はどこかいやな面を見せることもある。「赤と黒」のスタンダールは同時代の女流作家ジョルジュ・サンドが嫌いであった。そのペン・ネームが示すように、サンドは男性名で文壇にデビューした。女流作家では世に出にくい時代であった。彼女は男装で社交界に出入りすることもあった。ショパンの生涯を描いたかつての名画「別れの曲」では彼女が男装で活躍する場面がある。母性愛が強い一面、男まさりの面もあったようである。彼女はショパンや詩人のミュッセとの恋で有名であったが、スタンダールはそうしたサンドを「共同便所」と軽蔑していたようである。どんな男にも身をまかす女という意味であろうが、女性にもてなかったスタンダールのひがみもあったのではあるまいか。一方、サンドもスタンダールが嫌いであった。でぶではげで口の悪い無作法ものに思えたようである。同じ文学の道で、それぞれに一時代を創った作家同士でも気が合わないというのはどうしようもなかった。もっともスタンダールは同時代人にもてはやされるようなタイプの文学者ではなかった。彼は死後五十年たって初めて理解されると自分でも予言し、その予言通り死後五十年たって世界的な評価を得るような、時代に先駆した作家であった。彼の死後数十年たって作家となったアンドレ・ジイドはスタンダールの文学に傾倒しながら、それでも彼と同時代に生まれなくて良かったと書いている。身近に交際してみれば、外面、性癖その他でスタンダールのいやな面も見なければならなかったであろう。生身の人間のつき合いとはむつかしいものである。

オードリー・ヘプバーンのように、映画の上でも実生活でも多くの人々に愛され、死後は美しい思い出として人々の胸に残る。そのような人は余り多くはいないであろう。私は彼女の映画をほとんど見ているが、今後も映画館で上映されればさらに二度三度と見に行くであろう。ただし小さなテレビの画面で矮小化《わいしょうか》されたり、台詞を日本語に吹きかえられたりしたものは見たいとは思わない。彼女はまだどこかで生きていて、いつまでも若々しく、新しい映画にとりくんでいると、そのように思いたいものである。

（平成五年三月三日）

（注）「失われた楽園」は昭和六十三年、葦書房刊。「旅愁」「逢いびき」はビデ

オ化されている。「旅愁」は第二次大戦後アメリカ映画が初めてイタリア各地にロケーションしたもので、この映画の成功が翌年の「ローマの休日」の映画化につながったものだという。ビクター・ビデオから一昨年発売され、四千円足らずで買える。ジョーン・フォンテイン、ジョセフ・コットン主演。そしてまだ若かりし日のジェシカ・ダンディが優雅な人妻役を演じている。近年老け役でアカデミー主演女優賞を取った人である。

二十　人、死を憎まば、生を愛すべし

日本はどうなるのか？　世界はどうなるのか？　そんなことを老い先短い人間が心配してどうなるのか？　と笑われるかも判らない。しかし、まだ若い孫たちの将来を考えると、日本や世界のことをいやでも考えざるを得ない。

人間は必然的に死ぬ運命をもっている。人間はみな処刑を待つ死刑囚だ、とわれながらうまい言葉を考えついたとうぬぼれていたら、何百年も前にフランスの哲学者パスカル（一六二三―一六六二年）が同じようなことをすでに言っているのだという。人間は葦である、しかし考える葦である、というのはパスカルの有名な言葉だが、人間はたしかに「死」について考えることの出来る唯一の動物であろう。「死」を考えることから宗教も哲学も文学も生まれてくる。人間は「死」を考えることによって「生」を意味深く豊かなものにすることが出来るのである。「人、死を憎まば、生を愛すべし。存命の喜び、日々に楽しまざらんや」というのは「徒然草」の中の言葉である。

　モンテーニュ（一五三三―一五九二年）は「随想録（エセー）」の中で、嵐に遭遇した船の中のことを書いている。モンテーニュが古典の中で読んだということなので、おそらくはギリシャ・ローマ時代の出来事であろう。当然大海を航行することには多くの危険が伴った時代のことである。嵐の中で船は木の葉のようにもてあそばれ、乗客たちはおそれおののき、泣きわめいたり、神に祈ったりしていた。ところがその船倉の底では積み込まれた豚たちが死の恐怖などまるで感じないかのように、争ってえさをむさぼり食っていた。この場合死の予感にふるえおののく人間の方が、無知な豚よりも不幸である。しかし、一度でも死の恐怖を味わった人間は「生きる」ことに対して、もっと真摯《しんし》に謙虚になるであろう。モンテーニュが言いたかったのはそのことである。「随想録」の中には「死」についての多くの考察がふくまれている。「死」の恐怖を感ずることは人間のもっとも人間らしい部分である。一時日本でも広く読まれたアメリカ育ちの中国人哲学者林語堂（リン・ユウ・タン）の書いたものの中に「あらゆる葬儀が人間平等の旗を掲げて行く」という言葉がある。「死」の前ではあらゆる人間が平等なのである。「死」の前で人間は傲慢でいることは出来ない。

「お菊さん」の作者ピエール・ロチは「死と憐れみの書」に収められた「屠殺場の肉」という文章の中で次のようなことを書いている。ロチは海軍士官だったが、ある航海中軍艦が漂流しかけて航海が長びいたために十二頭積みこまれていた牛のうち十頭は屠殺され、今はもう痩せ細った二頭の牛しか残されていなかったことがあった。三百人の乗組員のためにはその中の一頭を殺さねばならぬ時が来た。その憐れな牛の鼻づらをいとしげになでさすりながら水夫が牛に呼びかける。

「まあまあ、悲観するには及ばないよ。明日お前を食べる連中も、やがてはみんな死ぬだろう。どんな強い者も、どんな若い者も、みんな死んでゆくのだ。そして多分その時には恐ろしい今際の際《きわ》があの連中にとってはお前の仲間にとってよりもっともっと残酷で、更に長い苦しみが伴うことだろう。多分その時にはあの連中もひと思いに鉄槌で眉間をがんとやられた方がましだと思うことだろう」

（大塚幸男訳）

「死と憐れみの書」の中には猫のあわれな死を描いた文章も二篇収められている。ロチが明治十八年の長崎で見た日本の乞食老夫婦の妻のあわれな死のことも書かれている。「どんな病弱な者でもあらゆる手をつくして、最も惨めな限界まで生き延びる方を好むものである」とロチは書いている。ロチの時代にはまだ、航海のためには生きた多くの豚や牛を食糧のために船に積み込んで行かねばならなかった。その点ではモンテーニュが書いた、豚を積み込んだ昔の船の時代と同じであった。冷蔵庫もない時代では航海中の食糧不足や、そのための栄養失調は乗組員にとって生死の問題であった。ロチの十五歳年上の兄もサイゴンの近くを航海中に病死している。人間が死と隣り合わせに生きることの多かった時代であった。

昭和の戦争中、私たちは多くの人たちの死を見聞きした。新聞に戦死者の記事がのらない日はなかった。空襲で死んだ人も多かった。終戦後空襲がなくなった時、私たちは夜空の星の美しさに心を打たれた。平和になってから長い間、西田

橋から高見橋の間の、ライオンズ広場側の川べりに、多くのバラックが建ってい
た。そこに住んでいた人に聞くと、夜、甲突川の水で身体を洗いながら月の美し
さに心奪われたという。鹿児島の街中が焦土で、どこからも美しい桜島を見るこ
とが出来た。あちこちで新しい家が建てられ、あそこではお菓子屋の優しいおば
あちゃんが空襲で死んだ所なのに、と思う場所にも見知らぬ人が家を作っていた。
死の恐怖は忘れられ、人々は生きることに夢中であった。収入は少なく、食糧は
乏しくても、平和な時代に生きているということがどんなにありがたく感じられ
たことであろうか。少なくとも、戦場にかり立てられ、空襲の恐怖にさらされる
危険はもうなくなっていた。

昭和天皇が人間宣言をされたのが、昭和二十一年一月一日、そして二月十九日
には早くも天皇の地方巡幸が始まった。天皇が民衆の中を歩き廻れば、天皇も自
分たちと同じ人間であることが判り、天皇神格化がなくなるだろうと天皇の地方
巡幸を積極的に支持した米軍高官もいたという。天皇の人間性に接することに
よって、日本人が次第に神国思想の重苦しさから開放されて行ったことはたしか

であった。主権在民のための第二二回総選挙はその年の四月十日に行われた。婦人参政権もみとめられ、民主主義国日本の再出発が始まった。選挙の投票率も当時は高かった。あれから半世紀近く経った今、日本の議会制民主主義は危機を迎えている。あらゆる選挙で投票率はどんどん下がりつつある。原因はどこにあるのであろうか。

最近私は、テレビで、森田実という政治評論家が、社会党は衆議院の立候補者全員が当選しても、政権は取れないのだと話しているのを聞いて愕然とした。社会党は昭和二十年十一月の立党以来、短い一時期を除いたほか、政権の座につくことはなかった。森田氏によれば社会党の立候補者全部が当選しても、政権を取るために必要な議員総数の半分を単独で占めることは出来ないのだという。では何故社会党は共産党のように全選挙区に候補者を立てないのだろうか。人材不足なのか、選挙資金がないのか、政権を取って、おのれの信ずる政治を実施する意欲がないのか、もしそうであるならその原因はどこにあるのか。私たちは高い議員歳費で、口先だけの政治評論家を養っているのではない。私は森田氏の説明を聞くまで、社会党は政権担当の力も意欲ももっている政党だと思っていた。これではまるで張子の虎である。自民党に一党独裁をゆるして来たのには社会党始め野党側にも大きな責任がある。昭和から現在にかけて、日本の政治家たちは一体何を考えて来たのか、私は今さらのように政治についての無知を恥じざるを得ない。しかし来るべき困難な時代のために私たちは何かをしなければならない。このままではまた五・一五事件のような問答無用の暴力がはびこる時代になりかねないのである。

カンボジアで総選挙が実施された。投票率は五月二十六日現在九十%近くに達したという。ポル・ポト派の選挙妨害行動がどうなるか心配されていただけに、ひとまずほっとする。カンボジアはアンコール・ワットの遺跡もあるように、もともと信仰心の厚い「ほほえみの民」の国である。この国でポル・ポトという人間の狂気によって、百万とも二百万ともあるいは三百万とも言われる大虐殺が行われた。日本の政治評論家や報道関係者の中にはカンボジアに於けるアンタックの行動に批判的で、まるでポル・ポト支持ではないか、と思わせるような論をなすものがいる。日本政府のＰＫＯ政策憎さが原因かも知れない。しかし悲劇のあとの平和をカンボジア国民がどんなに念願しているか、そのためにはアンタック指導の下とは言え、二十数年ぶりで総選挙が行われることに国民がどれほど大きな希望をいだいているか、その点を判ってあげるべきである。昭和十七年、プノンペンからバンコクまで三十時間の汽車旅の経験をもつ私にとってはカンボジアは殊に平和であってほしい国である。選挙の日のテレビには祭りの日のように喜々として投票所に向かう人々の顔がうつされている。女の人たちや子供たちの明るい笑顔には殊に心を打たれる。ポル・ポトの大虐殺では主として男性の多くが殺されたのである。女性や子供たちが目立つのは当然である。

それにしても日本の子供たちは私の孫たちもふくめて、なんとしあわせであろうか。世の中には悲観論者や不平派も多いが、発展途上国の飢えかけた子供たちのことを思えば、このことに異論はないであろう。ただひとつ日本の子供たちの前途に暗い影を投げかけているのは物質万能、そして立身出世主義の跋扈《ばっこ》である。人間の本当の生き甲斐、人間の本当の幸福は何であるか、少なくとも物質万能主義については深く反省すべき時に来ている。日本の経済的繁栄を真似て、後進国がみな物質文明をめざせば、地球の地下資源はたちまち枯渇するだろうと言われている。五年後には中国やロシアも石油輸出国から石油輸入国に転落するとのことである。将来の国際紛争は宗教の対立、地下資源獲得競争などが主な原因となるであろう。人類の真の幸福は何か、日本人は真先にそのことを考え、物質万能主義をはなれた哲学や生き方で世界に範を示さねばならないであろう。日本には古来優れた思想の伝統がある。「清貧の思想」（中野孝次）という本もそのことを教えている。この文の冒頭に引用した「徒然草」の中の言葉「人、死を憎まば、生を愛すべし」も実はこの本からの孫引きである。

先ごろ亡くなられた夏目漠さんと初めてお会いしたのは昭和三十六年ごろ、永田町電停そばでガリ版印刷店をしておられた井上岩夫さんのお宅に於いてであった。井上さんは蟇左衛門というペン・ネームで詩人としてはすでに有名な人であった。その井上さんが近くに住む夏目さんを自宅に呼んで私に引き合わせてくれたのであったが、夏目さんはそのころ県の人事委員長という地位にあった。しかし「詩」については夏目さんは井上さんに師事しているという形であった。その後もずっと夏目さんは井上さんに一目おいた形を取っておられた。職業、貧富の差は文学や芸術の世界では全く問題にはならない。優れた文人墨客に対しては大名や富豪も腰を低くしてこれに師事した。俳人、歌人をふくめて詩人ほどめでたくありがたいものはない。芸能芸術の世界での交友ほど尊いものはない。

最近、渡辺外喜三郎先生から「鶴のごとし—中勘助の手紙—」という御本をいただいた。先生が主宰されている「カンナ」に私はいろいろ文章を書かせていただいている。そのありがたさの上に、この恩恵である。昭和六十二年には「はしばみの詩—中勘助に関する往復書簡—」という御本もいただいている。平成三年には「この友ありて—小宮豊隆宛中勘助書簡—」、そして今度は「鶴のごとし」である。今度の御本には中勘助御夫妻と渡辺外喜三郎御夫妻との間に交わされた多くの書簡が収められている。この三冊の御本に共通するのは手紙文の美しさ、師弟愛や友情のありがたさ、尊さである。そしてこの三冊とも自費出版の非売品であることは渡辺先生の、師に対する無報償の愛や師の文学に対する心からの尊敬を示しているように思われる。中勘助の孤高純粋な魂にふれられる喜びと共に私は「文学」を通しての心と心の至純な結びつきに襟を正す思いである。「鶴のごとし」の鶴は中勘助を示している。出版部数の少ない非売品であることを嘆く必要はない。平成五年五月二十三日号南日本新聞の「作家と研究者の心の結晶」という美しい書評の最後に筆者は「勘茶庵発行で、非売品。鹿児島県立図書館で閲覧できる」と親切に書いている。「鶴のごとし」には中勘助全集の書簡集三冊にはおさめられていない、中勘助夫人和子さんから渡辺外喜三郎夫人美恵子さんに宛てられた書簡も紹介されており、中家、渡辺家の家族ぐるみの美しい交際ぶりも浮彫りにされている。また手紙の合い間にはさまれている渡辺先生の解説は中勘助研究に役立つであろう。

井上岩夫、夏目漠というふたりの詩人を失って淋しい思いはつきない。しかし若いころこの人たちと文学について語り合った思い出はなによりもたのしい思い出である。もつべきものは「心の友」であることを私は孫たちにも教えたいと思う。それと、なによりも芸術に興味をもち、読書を大切にすべきことを伝えたい。

良い本は何よりもありがたい心の友である。

（平成五年五月二十八日）

二十一　鹿児島讃歌

　近頃、鹿児島人として生まれて良かった、と思うようになった。昔はそれほどでもなかった。

　私の祖父は明治十年九月二十四日、西郷さんと一緒に城山で戦死している。祖母は二十五歳、私の父は五歳、下に三歳の弟と一歳の妹がいた。私の父にとって、鹿児島人として生まれたことは必ずしも幸福とは言えなかったであろう。十歳を少し過ぎたころから彼の生活に対する苦労は始まっている。

　私の父は、余り西郷さんのことを話さなかった。父が一番崇拝していたのは福沢諭吉であったが、西郷好きの福沢を通して西郷を尊敬していたことは間違いないであろうが、軍人になるより彼は銀行員になり、終戦の時に七十歳でやめるまで手形交換所（銀行集会所）の監事をしていた。軍人そのものは心から好きににはなれなかったのであろう。

二十五歳で未亡人になった祖母は明治三十六年五十歳代になるまで生きていたが、焼酎で少し酔いが出ると「あん人たちさえおいやらんじゃったら」と怒りを口にしたという。あん人たち、というのが、大久保利通や黒田清隆など官軍側についた薩摩人のことを指すのか、西郷さんをかつぎ上げて乱を起こした桐野利秋たちのことを言っているのかどちらか判らない。佐藤三二は挙兵に反対で桐野らと最後まで意見が合わず、熊本城攻撃失敗後は野村忍介の奇兵隊に属して宮崎大分方面に転戦した。城山に入ると奇兵隊隊長仲間の大尉らと、官軍に降って挙兵の動機や西郷の真意を法廷で述べたのち死のうと計ったが、野村らの降伏成功と違って敵弾に当たり切腹自決した。最後まで不運であった。野村は刑十年だったが五年で出獄した。

祖父は二十歳そこそこから薩軍に加わり、戊辰の役で転戦、重傷を負ったりし、西郷の出京と同時に近衛の大尉となり、西郷と最後を共にした。祖母が夫の死に対して「あん人たちさえおいやらんじゃったら」と言った気持ちは良く判る。彼女の夫が官軍側についておれば、かなり位の高い軍人になっていたかも判らないのである。

以上の理由もあって、私は父の不運も思い祖父が殉じた西郷のことも余り尊敬していなかった。私が西郷の偉大さを理解し始めたのはむしろ戦後で、戦争中の軍人や戦後の政治家と見比べて西郷の偉大さ、特に道徳的な偉大さが理解出来るようになったからであった。

「近世日本国民史」全百巻を書き、大ジャーナリストでもあった徳富蘇峰は熊本県人である。彼は西南の役後、創痍《そうい》まだ癒えざる薩摩・大隅地方を遊歴したという。たしか十八歳のころであった。徳富は十年の乱のために財を失い、人を失い、容易に忘れ難き苦悩を被った薩人の誰もが西郷に向かって怨言《えんげん》を発していないことに驚《おどろ》き「否《いな》ただ死せる西郷先生を、今なお生ける西郷先生のごとく崇拝し、愛慕している。これは何故であるか。西郷の自《みずか》ら私《わたくし》せざる精神の、すべての人に貫徹したるためである。いわば、一万二千の子弟は西郷に情死したが、西郷もまた一万二千の子弟に情死した」徳富のこの文章は、「近世日本国民史」の最後の七巻を占める「西南の役」の最後の方に書かれている。

「西郷は永く死せず。日本国の存する限り、彼は日本国と共に生きるであろう。大和民族の存する限り、彼は大和民族と共に生きるであろう」

これは徳富の講談社文庫「西南の役」①～⑦「近世日本国民史」全百巻の戦後に書かれた最後の巻の最後の文章である。西南の役直後鹿児島を訪れた時彼はまだ青年で、しかも薩摩を敵として戦った熊本の人間である。その徳富が生涯を通じて西郷の偉大さを感じていたのはその「自ら《みずか》私《わたくし》せざる精神」のためであったろう。西郷にもいろいろ欠点はあり、西南の役についても様々な異論があるであろうが、内村鑑三のいわゆる「道徳的偉大さ」については多くの人が反論しないであろう。西郷、大久保と共に維新の三傑と言われる木戸孝允（桂小五郎）も傑物であったが、金銭や財宝に執着する所が多かった。彼と同じ長州人の伊藤博文は女性にルーズであった。無私無欲という点で西郷ほど優れた人はいない。新渡辺稲造は西郷を日本のリンカーンと評しているが、私は西郷と同郷人であることを誇りに思う。そして七十年来鹿児島人できらいな人に出会ったことはない。鹿児島人は多くの美質をもっている。

昭和七年、生まれてはじめて鹿児島を離れたが、どこでも鹿児島人だと言うと、あの西郷さんの？　とか、桜島の？　とか言われた。若いころはそのことが少し不満に思われたが、今考えてみると、その頃鹿児島には西郷と桜島の他何もなかった。有名な政治家も芸術家もいなかった。西南の役五十年祭は昭和二年であったが、鹿児島から人材が生まれないのは、西南の役で優れた青年たちが多く死んだからだ、などとそのころは言われた。その点昭和二十年の終戦後約五十年を経て、現代の日本に人材が乏しいのは戦争が多くの若ものたちを殺したからだ、と言われるのに似ている。

鹿児島は西南の役でも、第二次大戦でも多くの打撃を受けた。多くの鹿児島の若ものたちがそれぞれの戦乱で死んだ。そのことを思うと、私は一層、故郷の鹿児島に愛着を覚える。西南の役でも昭和二十年六月の大空襲でも鹿児島の街は潰滅した。私は空襲では死ななかったが、火の海と化した街も焦土となった街もこの目で見た。そしてその焦土の中から次第に生まれ変わってくる鹿児島の街を五十年近くずっと見て来た。この復活する街の歴史ほど感動的なものはない。鹿児島人もよくがんばったものである。

昔も今も桜島は美しい。月並みと言うなかれ、結局永遠に美しいものは自然である。この美しい桜島の姿を見つめる日常の中から鹿児島人気質は生まれてくる。桜島を見て育つ鹿児島人からは汚職政治家も悪徳商人も生まれないであろう。数年前、山口県では吉田松蔭読本を作って小、中学生徒に副読本として読ませたという。鹿児島でも南洲読本を作ってみたらどうであろうか。青少年時代の私のように、鹿児島の歴史や西郷さんにむしろ反発を覚える人も多いであろう。しかし西郷さんの「敬天愛人」はいつの間にか心にしみこむのである。そして鹿児島人としての倫理感や美意識が、自然と身につくに違いない。

平成五年八月六日、大雨が鹿児島を襲った。私の家の一階も私の娘の家も水びたしになった。武之橋と新上橋がくずれ落ちた。自然の猛威は鹿児島でも例外ではない。百数十年来生き続けて来た石橋の崩落は何よりも悲しいことであった。この橋を作った多くの石工たちがあの世で嘆いているであろう。あらためて私は石橋の喪失に心からの挽歌を送りたい、と思う。新照院町で育った私は、薬師町にある中学校に通うのに何万回となく新上橋を渡った。なつかしい橋である。ところが両橋がくずれ落ちるといち早く石橋廃止が話題になった。石橋が危険だという人すらいた。武之橋や新上橋は人を殺したり傷めたりしていない。災害は甲突川の管理を怠ったために生まれた。その点は人災である。少年時代、甲突川ではよく砂利掘りの人たちを見かけた。そのあとの深《ふか》みでは泳いではいけないことになっていた。近年甲突川の川床は高くなるばかりである。石橋の罪ばかり言うのはやめたいと思う。歴史と伝統のない土地からすぐれた人物は生まれて来ないのである。

（終）

本書は、故佐藤剛が、「随筆かごしま」に平成元年二月から平成五年十月に連載したものです。

作品が書かれた時代背景等や著者が故人であることを考慮し、ほぼ原文のまま掲載しています。

著者プロフィール

佐藤 剛（さとう たけし）

大正 4（1915）年―平成 14（2002）年
鹿児島市出身。

旧制鹿児島一中（鶴丸高校）、大阪外国語学校仏語学科卒業。

逓信省、参謀本部嘱託などを経て戦後帰郷。

鹿児島市で書店経営の傍ら、文芸誌「南日本文学」「カンナ」同人として文学活動を展開。南日本新聞連載や文芸誌他、作品や随筆を多数寄稿した。

著書
『アサ女覚え書』（1980 年、限定私家版の小説集）
『失われた楽園―ロチ、モラエス、ハーンと日本』（1988 年、葦書房、「カンナ」連載を収録）
『鹿児島ふるさと歴史散歩』（1988 年、葦書房、南日本新聞連載「ふるさと歴史散歩」に 11 篇の小品を加えた歴史エッセー）

私の中の昭和史

2025年 1 月15日　初版第 1 刷発行

著　者　佐藤 剛
発行者　瓜谷 綱延
発行所　株式会社文芸社
〒160-0022　東京都新宿区新宿1－10－1
電話　03-5369-3060（代表）
03-5369-2299（販売）

印刷所　株式会社フクイン

©SATO TAKESHI 2025 Printed in Japan
乱丁本・落丁本はお手数ですが小社販売部宛にお送りください。

送料小社負担にてお取り替えいたします。

本書の一部、あるいは全部を無断で複写・複製・転載・放映、データ配信することは、法律で認められた場合を除き、著作権の侵害となります。

ISBN978-4-286-25888-1